●「日輪と山」

賢治が描いた数少ない貴重な水彩画。宇宙のエネルギーが山頂に注がれる。祖父・清六によると、本人はこの絵を人に見せるつもりはなく、小学校の教材で使う画用紙と絵の具を用いて描き、賢治の部屋の壁に画鋲で留めてあったので自分で気に入って目につくところに貼り付けて眺めていたのではないかといっていた。賢治はゴッホやセザンヌの絵が好きで、とくにゴッホの糸杉の絵を部屋に飾っていた。ゴッホが描く渦巻く空が好きで、賢治は銀河の渦、宇宙エネルギーをその空に観ていたと考えられる。(宮澤和樹・談)

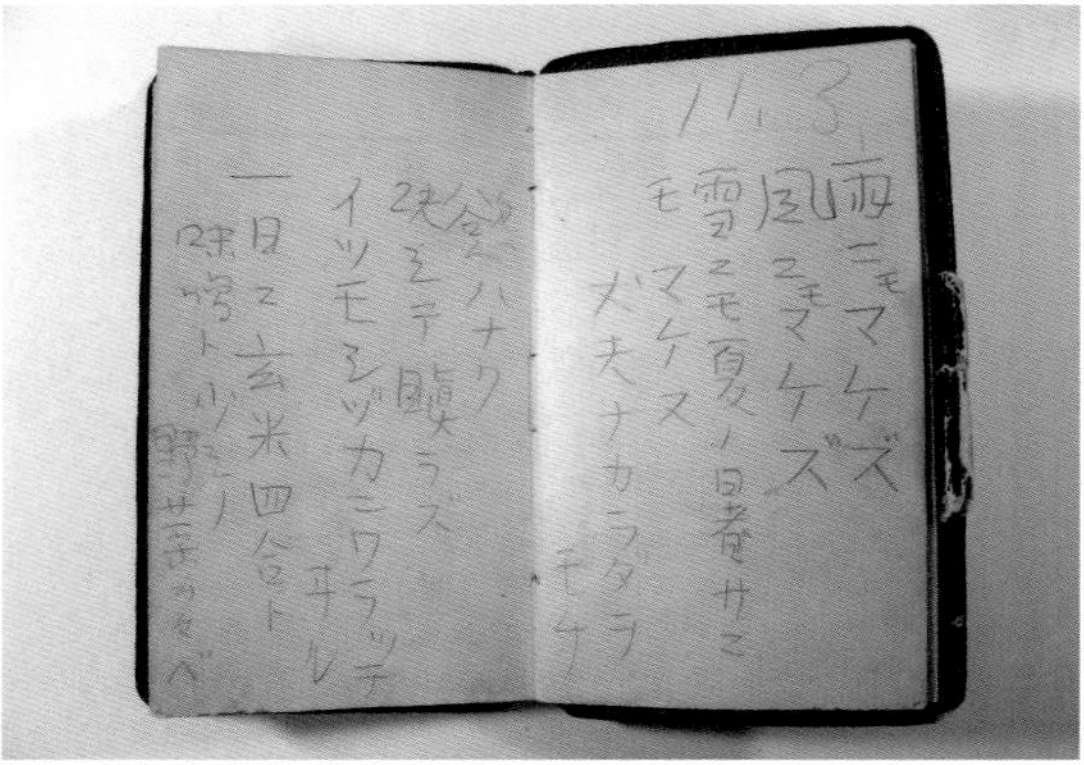

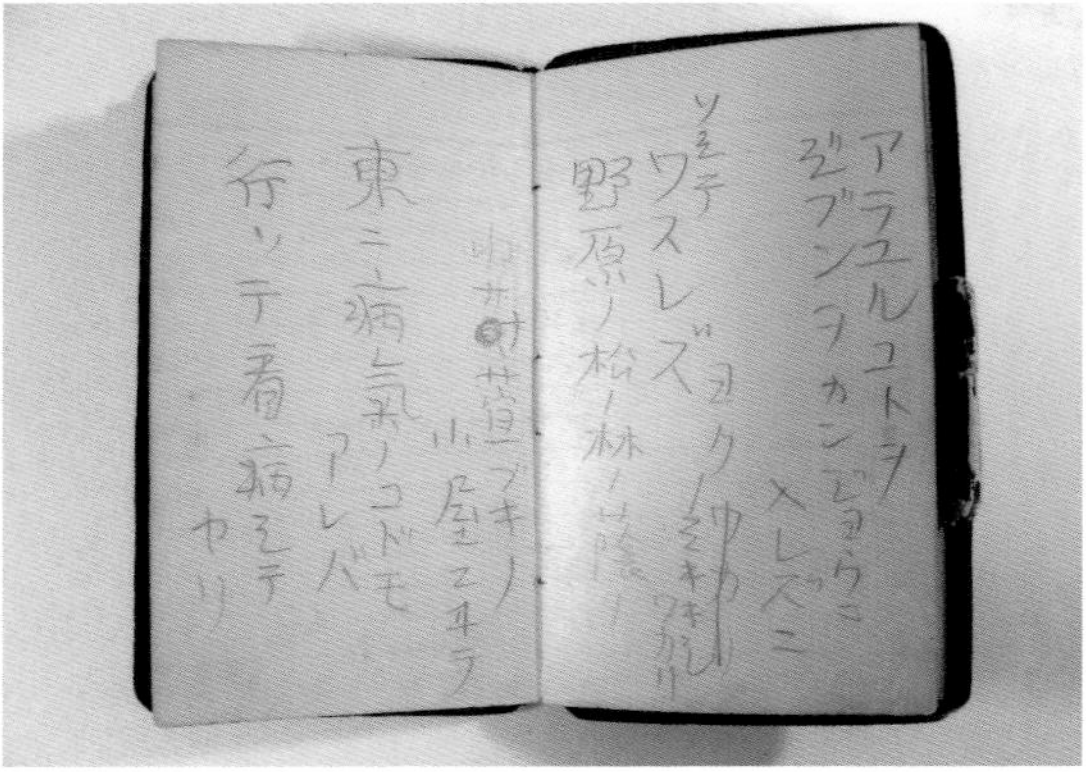

●「雨ニモマケズ手帳」

賢治の代表作『雨ニモマケズ』は、賢治が37歳の若さで亡くなる2年前の昭和6（1931）年11月3日に病床で手帳に書かれた。この手帳は黒い革製で、賢治の死後、愛用していた大きなトランクのふたの裏から弟・清六氏により発見された。『法華経』の常不軽菩薩（じょうふきょうぼさつ）の精神を表しているとされる。常不軽菩薩は、周囲の者達に誹謗・迫害されても決して仕返しをするようなことはなかった。この詩も人に見せようと書かれたものではなく、自分のそのときの心情を書き残したもの。

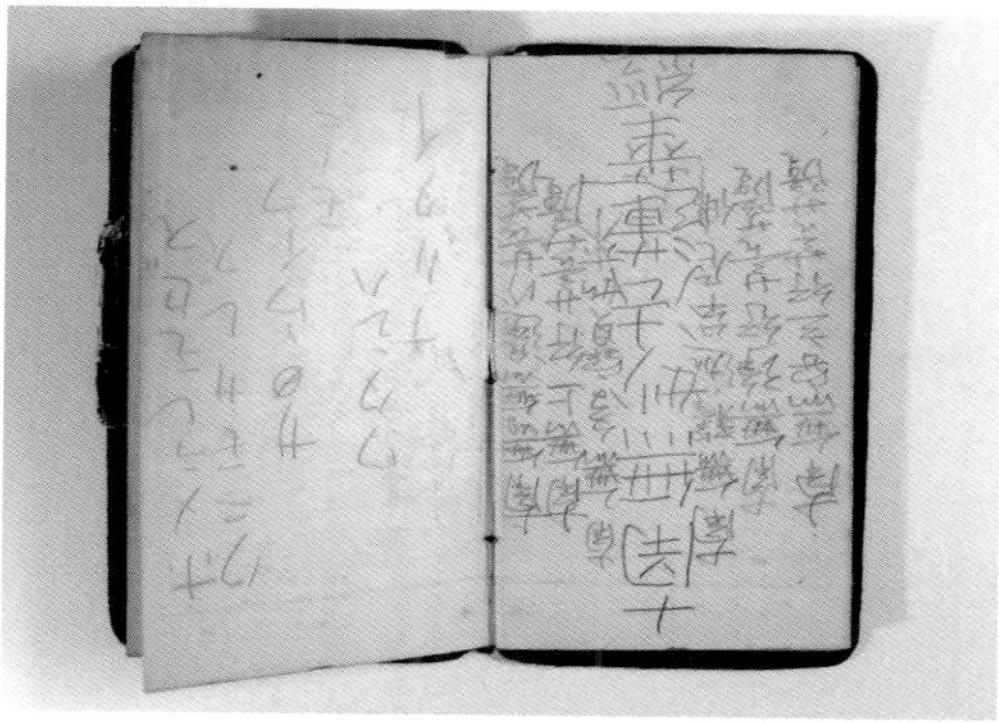

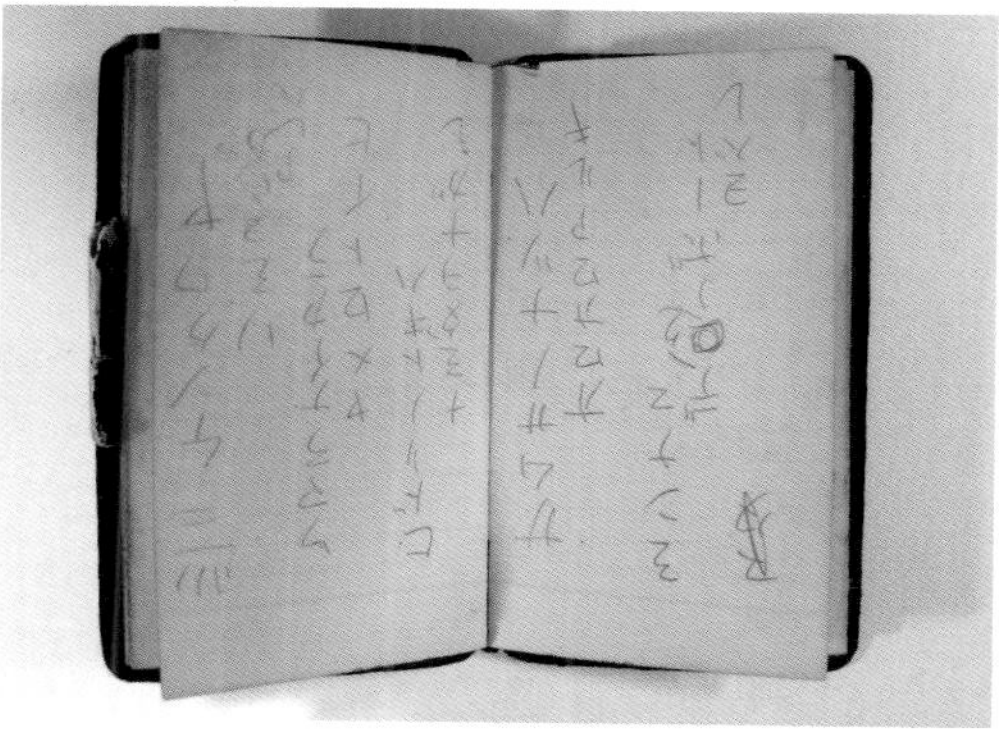

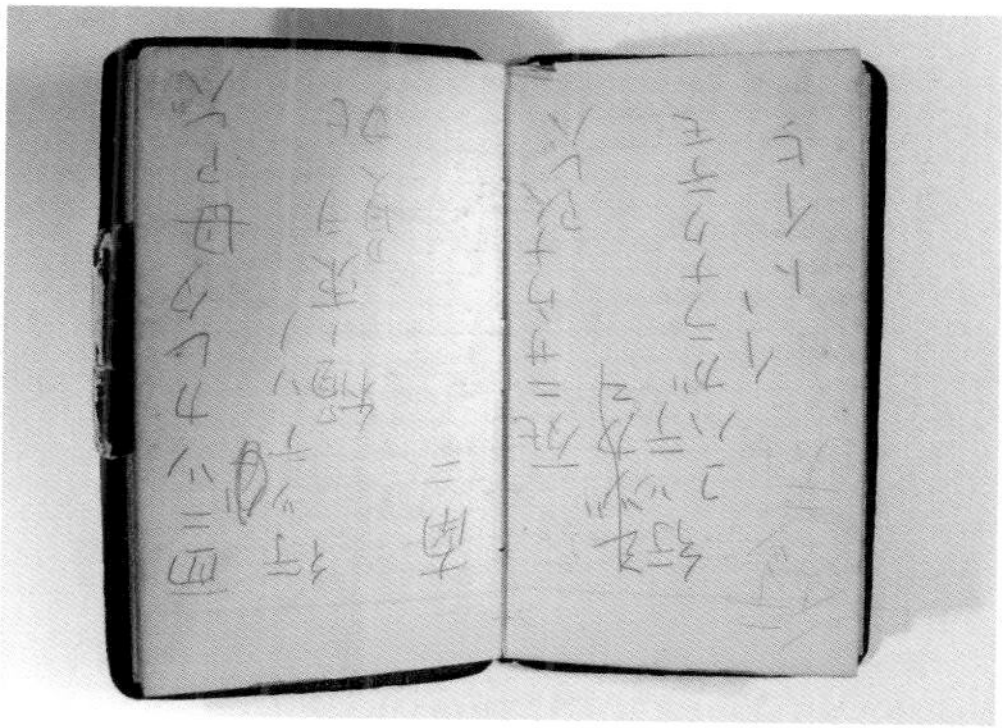

●「賢治愛用のセロ」

賢治は音楽をこよなく愛し、才能も開花させた。クラシック音楽や浅草オペラが好きで、当時の花巻一のレコード収集家だった。農学校の教師を退職し羅須地人協会を設立した直後、農民楽団の実現と自作の詩に曲をつけて演奏するため、上京してオルガンやセロを習った。作詞作曲にも才能を発揮し、『星めぐりの歌』は幻想的でメルヘンに溢れ人気が高い。愛用したセロは賢治の作品『セロ弾きのゴーシュ』のモデルになった。

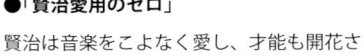

●ベートーベンと賢治

畑でうつむく賢治の有名な写真は、まるで凶作を憂えているように見える。じつは花巻の写真館の後輩に撮影させたもので、撮影するなら写真館の中より外で撮りたいと望み、大好きなベートーベンのポーズを真似したもの。賢治にはこんな茶目っ気や粋な面もあった。（宮澤和樹・談）

新版 宮澤賢治 魂の言葉

宮澤和樹 監修

ロング新書

賢治の熱い祈りと言葉——まえがき

「雨ニモマケズ」の詩は、賢治さんが亡くなる二年前に、病のなかで手帳に書き綴られたものです。賢治さんは昭和三年頃から、無理がたたって病に倒れましたが、三年間の療養で回復し、昭和六年、東北砕石工場の仕事で上京します。しかし東京で再び高熱を発して倒れ、死を覚悟して両親に宛てて遺書を書き綴りました。

その後、故郷花巻に戻って再び病臥します。遺書を書いてから賢治さんは一冊の手帳に短歌や詩などさまざまなことを書き記しました。「雨ニモマケズ」は昭和六年一一月三日にこの手帳に書き残しています。

しかし、賢治さんはこの作品を発表しようとは思っていませんでした。なぜなら、この手帳は、私の祖父で賢治の実弟の宮澤清六が、遺書とともに兄が愛用していたトランクのふたの裏から見つけたものだからです。そして祖父はこの詩を、彫刻家で詩人の高村光太郎氏とともに世に発表したのです。

つまり、賢治さん自身はこの詩を世に出そう、人に読んでもらおうとはまったく考えていなかったのです。いわばこの詩は、自らの死を前にした賢治さんが、「自分はこうありたい」「最期までこういう生き方をしたい」と願い、祈るような思いで記したものでありました。ところが賢治さんの死後に、本人以外の者の手によって発表されたこの詩は、彼の代表作品になりました。

私の祖父清六は、この詩の中にはひじょうに重要な一つのキーワードがあると、語っていました。それは、原文の詩の二二〜四〇行目にあります。

「東ニ病気ノコドモアレバ　行ッテ……

西ニツカレタ母アレバ　行ッテ……

南ニ死ニサウナ人アレバ　行ッテ……

北ニケンクヮヤソショウガアレバ　ツマラナイカラヤメロトイヒ……」

の部分に出てくる「行ッテ」という言葉です。「北ニケンクヮヤ……」の行には「行ッテ」の言葉がありませんが、本当は「行ッテ」という言葉を書くつもりだったのではないかと思います。というのは、この手帳の原文には、この行の前ページの左上に「行ッテ」の字だけが大きく赤い字で書かれていて、賢治さんはこの行に入れるつもりだったと推測されるからです。口絵の三ページ目にある手帳の写真を見てください。

そうすると、この詩の中には「行ッテ」という言葉が四回も使われていることになります。賢治さんは、この「行ッテ」という言葉にとてもこだわったのだと、祖父は語っていました。

賢治さんは、自分が持っている力を人のために役立てようとしたとき、誰かがやって来るのをただ待っているのではなく、自らが相手のもとに出向いて行って働くことをひじょうに大切なこととしていたといいます。賢治さんの願い、思いは、実際に自らが動くこと、実践すること、相手のもとに自分から出かけて行って、その人のために尽くすことでありました。

この詩の最後で賢治さんはこう語っています。

「サウイフモノニ　ワタシハナリタイ」そして次のページには「南無妙法蓮華経」の文字をしたためています。これが賢治さんの生涯の願い、祈りだと思うのです。

賢治さんは人に「こうしなさい」「こう生きなさい」とは決して言わなかったと聞きます。農学校で教師をしていたときも、教壇の上から生徒に向かって「こうしなさい」と教え諭(さと)すことはしませんでした。いや、言えなかった人なのだと祖父は言います。

平成二三年三月一一日に起きた東北地方太平洋沖地震で被災した方々が、「雨ニモマケズ」の詩を心の支えに思ってくださっているという声を聞き、とてもうれしく思っています。俳優の渡辺謙さんがこの詩を朗読している動画を、ネットで全国に配信してくださっています。それを見た香港のジャッキー・チェンさんら俳優さんたちも、この詩を歌にして、香港で開いた被災者支援のコンサートで合唱してくれたといいます。

それがアメリカにも伝わり、アメリカでも宗派を超えた聖職者の方たちが、集会でこの詩を朗読してくださったと聞きました。こうして「雨ニモマケズ」が世界の人の心に訴えかけていることは、大変に意味あることとうれしく思います。

ただ私は、賢治さんだったら、被災した方々に「負けないでがんばろう」「苦難を乗り越えよう」と語りかけるだけではなく、被災者の方々や被災地域の力になろうとする全国の人々、復興作業を担う国や電力会社などに、語りかけているのではないかと思うのです。

病気の子供がいればそばに行き、疲れた人がいればそこに行って、死の床にある人がいれば傍らに行き、争いがあればそこに行って、自分にできることを精一杯務める。自分は動かずにただ「ああしたらどうだ」「こうしたら」「誰が悪い」「それではだめだ」というのではなく、自らが動いて傍に行って尽くすことが大事なのだと。

賢治さんが「雨ニモマケズ」の詩に込めた、自らが行動して苦労を共にする心、それがいま私たちに求められているのではないでしょうか。

本書には、「雨ニモマケズ」のほか、賢治さんの思いや祈りが込められた言葉の数々を収録しました。しかし紙面が限られているため、彼の作品のすべてを掲載することはとても不可能です。そこで、とくに心に残るメッセージを、作品の中から一部抜粋しました。

作品すべてを読みたい方は、全集をごらんになってください。
本書がいま、日本全国の人々の心に賢治さんの魂を届けてくれることと信じています。

宮澤和樹

●本書に掲載した「銀河鉄道の夜」「グスコーブドリの伝記」「風野又三郎」「農民芸術概論綱要」は作品の一部抜粋である。宮澤賢治は作品に何度も手を入れ、書き直しをしているため、掲載されている本により本文が異なる。本書では筑摩書房刊『新校本　宮澤賢治全集』の、明記した発行年月日に出版された本をもとにしている。
●筑摩書房刊『新校本　宮澤賢治全集』では作品はすべて旧かなづかいを用いているが、本書では童話だけ新かなづかいに改めた。

目次

7 再生

企画・編集／水琴社・徳田恵子

CHAPTER **1**

祈り

大正13年、鹿革の陣羽織を仕立て直した上着を着た賢治

雨ニモマケズ

雨ニモマケズ
風ニモマケズ
雪ニモ夏ノ暑サニモマケヌ
丈夫(じょうぶ)ナカラダヲモチ

慾（よく）ハナク
決（けつ）シテ瞋（いか）ラズ
イツモシヅカニワラッテヰル
一日ニ玄米（げんまい）四合ト
味噌（みそ）ト少シノ野菜ヲタベ

アラユルコトヲ
ジブンヲカンジョウニ入(い)レズニ
ヨクミキキシワカリ
ソシテワスレズ
野原ノ松ノ林ノ蔭(かげ)ノ

小サナ萱ブキノ小屋ニヰテ
東ニ病気ノコドモアレバ
行ッテ看病シテヤリ
西ニツカレタ母アレバ
行ッテソノ稲ノ束ヲ負ヒ

南ニ死ニサウナ人アレバ
行ッテコハガラナクテモイヽトイヒ
北ニケンクヮヤソショウガアレバ
ツマラナイカラヤメロトイヒ

ヒデリ(註)ノトキハナミダヲナガシ
サムサノナツハオロオロアルキ
ミンナニデクノボートヨバレ
ホメラレモセズ
クニモサレズ

●註 「ヒデリノトキハ」の「ヒデリ」は、原文では「ヒドリ」となっているが、本書では「ヒデリ」と表記した。「ヒドリ」には、「日雇い」という意味があるという説もあるが、本書では「日照り」と解釈する。

サウイフモノニ
ワタシハナリタイ

『雨ニモマケズ手帳』昭和六年十一月三日

『農民芸術概論綱要』（抜粋）

世界がぜんたい幸福にならないうちは個人の幸福はあり得ない

新たな時代は世界が一の意識になり生物となる方向にある
正しく強く生きるとは
銀河系を自らの中に意識してこれに応じて行くことである
われらは世界のまことの幸福を索ねよう　求道すでに道である

以上「序論」より

強く正しく生活せよ　苦難を避けず直進せよ

なべての悩みをたきぎと燃やし
なべての心を心とせよ

以上「農民芸術の製作」より

……おお朋(とも)だちよ　いっしょに正しい力を併せ
われらのすべての田園とわれらのすべての生活を
一つの巨きな第四次元の芸術に創りあげようではないか……

ここは銀河の空間の太陽日本　陸中国の野原である
青い松並　萱（かや）の花　古いみちのくの断片を保て

以上「農民芸術の綜合」より

……われらに要(い)るものは銀河を包む透明な意志　巨(おお)きな力と熱である
……

「結論」より

『新校本　宮澤賢治全集第十三巻』（筑摩書房）一九九七年七月三十日発行より

生徒諸君に寄せる（抜粋）

（彼等はみんなわれらを去った。
彼等にはよい遺伝と育ち
あら〔ゆ〕る設備と休養と
茲（ここ）には汗と吹雪のひまの
歪（ゆが）んだ時間と粗野な手引があるだけだ

彼等は百の速力をもち
われらは十の力を有たぬ
何がわれらをこの暗みから救ふのか
あらゆる労れと悩みを燃やせ
すべてのねがひの形を変へよ）

「断章二」

諸君よ　紺いろの地平線が膨らみ高まるときに
諸君はその中に没することを欲するか
じつに諸君はその地平線に於る
あらゆる形の山岳でなければならぬ

「断章四」

新たな詩人よ
嵐から雲から光から
新たな透明なエネルギーを得て
人と地球にとるべき形を暗示せよ

新たな時代のマルクスよ
これらの盲目な衝動から動く世界を

素晴しく美しい構成に変へよ
諸君はこの颯爽(さっそう)たる
諸君の未来圏から吹いて来る
透明な清潔な風を感じないのか

「断章七」

今日の歴史や地史の資料からのみ論ずるならば
われらの祖先乃至(ないし)はわれらに至るまで
すべての信仰や徳性はたゞ誤解から生じたとさへ見え
しかも科学はいまだに暗く
われらに自殺と自棄のみをしか保証せぬ、

誰が誰よりどうだとか
誰の仕事がどうしたとか
そんなことを云ってゐるひまがあるのか
さあわれわれは一つになって………

「断章八」

『新校本　宮澤賢治全集第四巻』（筑摩書房）一九九五年十月二十五日発行より

CHAPTER 2

宇宙(そら)へ

大正15年、花巻農学校で講義する賢治

風野又三郎（抜粋）

どっどどどどうど　どどうど　どどう、
ああまいざくろも吹きとばせ
すっぱいざくろもふきとばせ
どっどどどどうど　どどうど　どどう

（略）

＊

さわやかな九月一日の朝でした。青ぞらで風がどうと鳴り、日光は運動場いっぱいでした。黒い雪袴（ゆきばかま）をはいた二人の一年生の子がどてをまわって運動場にはいって来て、まだほかに誰（だれ）も来ていないのを見て

「ほう、おら一等だぞ。一等だぞ。」とかわるがわる叫びながら大悦びで門をはいって来たのでしたが、ちょっと教室の中を見ますと、二人ともまるでびっくりして棒立ちになり、それから顔を見合わせてぶるぶるふるえました。がひとりはとうとう泣き出してしまいました。というわけはそのしんとした朝の教室のなかにどこから来たのか、まるで顔も知らないおかしな赤い髪の子供がひとり一番前の机にちゃんと座っていたのです。(略)

＊

ぜんたいその形からが実におかしいのでした。変てこな鼠いろのマントを着て水晶かガラスか、とにかくきれいなすきとおった沓をはいていました。それに顔と云ったら、まるで熟した苹果のよう殊に眼はまん円でまっくろなのでした。一向語が通じないようなので一郎も全く困ってしまいました。(略)

＊

次の日もよく晴れて谷川の波はちらちらひかりました。

一郎と五年生の耕一とは、丁度午后二時に授業がすみましたので、いつものように教室の掃除をして、それから二人一緒に学校の門を出ましたが、その時二人の頭の中は、昨日の変な子供で一杯になっていました。そこで二人はもう一度、あの青山の栗の木まで行って見ようと相談しました。二人は鞄をきちんと背負い、川を渡って丘をぐんぐん登って行きました。

ところがどうです。丘の途中の小さな段を一つ越えて、ひょっと上の栗の木を見ますと、たしかにあの赤髪の鼠色のマントを着た変な子が草に足を投げ出して、だまって空を見上げているのです。今日こそ全く間違いありません。たけにぐさは栗の木の左の方でかすかにゆれ、栗の木のかげは黒く草の上に落ちています。

*

「汝ぁ誰だ。何だ汝ぁ。」

するとその子は落ちついて、まるで大人のようにしっかり答えました。

「風野又三郎。」

「どこの人だ、ロシヤ人か。」

するとその子は空を向いて、はあはあはあはあ笑い出しました。その声はまるで鹿の笛のようでした。それからやっとまじめになって、

「又三郎だい。」とぶっきら棒に返事しました。

「ああ風の又三郎だ。」一郎と耕一とは思わず叫んで顔を見合せました。

「だからそう云ったじゃないか。」又三郎は少し怒ったようにマントからとがった小さな手を出して、草を一本むしってぷいっと投げつけながら云いました。(略)

*

それから又三郎は座って話し出しました。

「面白かったぞ。今朝のはなし聞かせようか、そら、僕は昨日の朝ここに居たろう。」

「あれから岩手山へ行ったな。」耕一がたずねました。

「あったりまえさ、あったりまえ。」又三郎は口を曲げて耕一を馬鹿にしたような顔をしました。

「そう僕のはなしへ口を入れないで黙っておいで。ね、そら、昨日の朝、僕はここから北の方へ行ったんだ。途中で六十五回もいねむりをしたんだ。」

「何してそんなにひるねした？」

「仕方ないさ。僕たちが起きてはね廻っていようたって、行くところがなくなればあるけないじゃないか。あるけなくなりゃ、いねむりだい。きまってらぁ。」

「歩けないたって立つが座るかして目をさましていればいい。」

「うるさいねえ、いねむりたって僕がねむるんじゃないいんだよ。お前たちがそう云うんじゃないか。お前たちは僕らのじっと立ったり座ったりしているのを、風がねむると云うんじゃないか。僕はわざとお前たちにわかるように云ってるんだよ。うるさいねえ。もう僕、行っちまうぞ。黙って聞くんだ。ね、そら、僕は途中で六十五回いねむりをして、その間考えたり笑ったりして、夜中の一時に岩手山の丁度三合目についたろう。あすこの小屋にはもう人が居ないねえ。僕は小屋のまわりを一ぺんぐるっとまわったんだよ。そしてまっくろな地面をじっと見おろしていたら何だか足もとがふらふらするんだ。見ると谷の底がだいぶ空いてるんだ。僕らは、もう、少しでも、空いているところを見たら、すぐ走って行かないといけないんだからね、僕はどんどん下りて行ったんだ。谷底はいいねえ。僕は三本の白樺の木のかげへはいってじっとしずかにしていたんだ。朝までお星さまを数えたりいろいろこれからの面白いことを考えたりしていたんだ。あすこの谷底はいいねえ。そんなにしずかじゃないんだけれど。それは僕の前にまっ黒な崖があってねえ、そこから一晩中ころころかさかさ石かけや火山灰のかたまったのやが崩れて落ちて来るんだ。けれどもじっとその音を聞いてるとね、なかなか面白いんだよ。そして今朝少し明るくなるとその崖がまるで火が燃えているようにまっ赤なんだろう。そうそう、まだ明るくならないうちにね、谷の上の方をまっ赤な火がちらちらちらちら通って行くんだ。楢の木や樺の木が火にすかし出されてまるで烏瓜の燈籠のように見えたぜ。」

＊

「ほう、いいなあ、又三郎さんだちはいいなあ。」

小さな子供たちは一緒に云いました。

すると又三郎はこんどは少し怒りました。

「お前たちはだめだねえ。なぜ人のことをうらやましがるんだい。僕だってつらいことはいくらもあるんだい。お前たちにもいいことはたくさんあるんだい。僕は自分のことは一向考えもしないで人のことばかりうらやんだり馬鹿にしているやつらを一番いやなんだぜ。僕たちの方ではね、自分を外のものとくらべることが一番はずかしいことになっているんだ。僕たちはみんな一人一人なんだよ。（略）

＊

「やっぱりお前たちはだめだねえ。外の人とくらべることばかり考えているんじゃないか。僕はそこへ行くとさっき空で遭った鷹がすきだねえ。あいつは天気の悪い日なんか、ずいぶん意地の悪いこともあるけれども空をまっすぐに馳けてゆくから、僕はすきなんだ。銀色の羽をひらりひらりとさせながら、空の青光の中や空の影の中を、まっすぐにまっすぐに、まるでどこまで行くかわからない不思議な矢のように馳けて行くんだ。」（略）

一郎がそこで云いました。

＊

「又三郎さん。おらはお前をうらやましがったんでないよ、お前をほめたんだ。おらはいつでも先生から習っているんだ。本当に男らしいものは、自分の仕事を立派に仕上げることをよろこぶ。決して自分が出来ないからって人をねたんだり、出来たからって出来ない人を見くびったりさない。お前もそう怒らなくてもいい。」（略）

「竜巻はねえ、ずいぶん凄(すご)いよ。海のには僕はいったことはないんだけれど、小さいのを沼でやったことがあるよ。丁度お前達の方のご維新(いしん)前ね、日詰(ひづめ)の近くに源五沼という沼があったんだ。そのすぐ隣(とな)りの草はらで、僕等は五人でサイクルホールをやった。ぐるぐるひどくまわっていたら、まるで木も折れるくらい烈しくなってしまった。丁度雨も降るばかりのところだった。一人の僕の友だちがね、沼を通る時、とうとう機みで水を掬っちゃったんだ。さあ僕等はもう黒雲の中に突き入ってまわって馳けたねえ、水が丁度漏斗の尻のようになって来るんだ。下から見たら本当にこわかったろう。

『ああ竜だ、竜だ。』みんなは叫んだよ。実際下から見たら、さっきの水はぎらぎら白く光って黒雲の中にはいって、竜のしっぽのように見えたかも知れない。その時友だちがまわるのをやめたもんだから、水はざあっと一ぺんに日詰の町に落ちかかったんだ。その時は僕はもうまわるのをやめて、少し下に降りて見ていたがね、さっきの水の中にいた鮒やなまずが、ばらばらと往来や屋根に降っていたんだ。みんなは外へ出て恭恭しく僕等の方を拝んだり、降って来た魚を押し戴いていたよ。僕等は竜じゃないんだけれども拝まれるとやっぱりうれしいからね、友だち同志にこにこしながらゆっくりゆっくり北の方へ走って行ったんだ。まったくサイクルホールは面白いよ。」

「うわぁい、うなどぁ、無くてもいいな。うわぁい。」

するとマ三郎は少し面白くなったようでした。いつもの通りずるそうに笑って斯う訊ねました。

「僕たちが世界中になくてもいいってどう云うんだい。箇条を立てて云ってごらん。そら。」

耕一は試験のようだしつまらないことになったと思って大へん口惜しかったのですが仕方なくしばらく考えてから答えました。

「汝などぁ悪戯ばりさな。傘ぶっ壊したり。」

「それから？　それから？」又三郎は面白そうに一足進んで云いました。

「それがら、樹折ったり転覆したりさな。」

「それから？　それから、どうだい。」

「それがら、稲も倒さな。」

「それから？　あとはどうだい。」

「家もぶっ壊さな。」

「それから？　それから？　あとはどうだい。」

「砂も飛ばさな。」

「それから？　あとは？　それから？　あとはどうだい。」

「シャッポも飛ばさな。」

「それから？　それから？　あとは？　あとはどうだい。」

「それがら、うう、電信ばしらも倒さな。」

「それから？　それから？　それから？」

「それがら、塔も倒さな。」

「アアハハハ、塔は家のうちだい、どうだいまだあるかい。それから？　それから？」

「それがら、うう、それがら、」耕一はつまってしまいました。大抵もう云ってしまったのですからいくら考えてももう出ませんでした。

又三郎はいよいよ面白そうに指を一本立てながら
「それから？　それから？　ええ？　それから。」と云うのでした。耕一は顔を赤くしてしばらく考えてからやっと答えました。

「それがら、風車もぶっ壊さな。」

するとまた又三郎は今度こそはまるで飛びあがって笑ってしまいました。笑って笑って笑いました。マントも一緒にひらひら波を立てました。

「そうらごらん、とうとう風車などを云っちゃった。風車なら僕を悪く思っちゃいないんだよ。勿論時々壊すこともあるけれど廻してやるときの方がずうっと多いんだ。風車ならちっとも僕を悪く思っちゃいないんだ。うそと思ったら聴いてごらん。お前たちはまるで勝手だねえ、僕たちがちっとばかしいたずらすることは大業に悪口を云っていいとこはちっとも見ないんだ。それに第一お前のさっきからの数えようがあんまりおかしいや。うう、ううてばかりいたんだろう。おしまいはとうとう風車なんか数えちゃった。ああおかしい。」

又三郎は又泪の出るほど笑いました。

＊

「ね、そら、僕たちのやるいたずらで一番ひどいことは日本ならば稲を倒すことだよ、二百十日から二百二十日ころまで、昔はその頃ほんとうに僕たちはこわがられたよ。なぜってその頃は丁度稲に花のかかるときだろう。その時僕たちにかけられたら花がみんな散ってしまってまるで実にならないだろう、だから前は本当にこわがったんだ、僕たちだってわざとするんじゃない、どうしてもその頃かけなくちゃいかないからかけるんだ、もう三四日たてばきっと又そうなるよ。けれどもいまはもう農業が進んでお前たちの家の近くなどでは二百十日のころになど花の咲いている稲なんか一本もないだろう、大抵もう柔らかな実になっているんだ。早い稲はもうよほど硬くさえなってるよ、僕らがかけてあるいて少し位倒れたってそんなにひどくとりいれが減りはしないんだ。だから結局何でもないさ。それからも一つは木を倒すことだよ。家を倒すなんてそんなことはほんの少しだからね、木を倒すことだよ、これだって悪戯じゃないんだよ。倒れないようにして置けぁいいんだ。葉の闊い樹なら丈夫だよ。僕たちが少しぐらいひどくぶっつかっても仲々倒れやしない。それに林の樹が倒れるなんかそれは林の持主が悪いんだよ。林を伐るときはね、よく一年中の強い風向を考えてその風下の方からだんだん伐って行くんだよ。林の外側の木は強いけれども中の方の木はせいばかり高くて弱いからよくそんなことも気をつけなけぁいけないんだ。だからまず僕たちのこと悪く云う前によく自分の方に気をつけりゃいいんだよ。海岸ではね、僕たちが波のしぶきを運んで行くとすぐ枯れるやつも枯れないやつもあるよ。苹果や梨やまるめろや胡瓜はだめだ、すぐ枯れる、稲や薄荷だいこんなどはなかなか強い、牧草なども強いねえ。」

「僕だっていたずらはするけれど、いいことはもっと沢山するんだよ、それ数えてごらん、僕は松の花でも楊の花でも草棉の毛でも運んで行くだろう。稲の花粉だってやっぱり僕らが運ぶんだよ。それから僕が通ると草木はみんな丈夫になるよ。悪い空気も持って行っていい空気も運んで来る。東京の浅草のまるで濁った寒天のような空気をうまく太平洋の方へさらって行って日本アルプスのいい空気だって代りに持って行ってやるんだ。もし僕がいなかったら病気も湿気もいくらふえるか知れないんだ。（略）

＊

「大循環の話なら面白いけれどむずかしいよ。あんまり小さな子はわからないよ。」

「わがる。」一年生の子が顔を赤くして叫びました。

「わかるかね。僕は大循環のことを話すのはほんとうはすきなんだ。僕は大循環は二遍やったよ。尤も一遍は途中からやめて下りたけれど、僕たちは五遍大循環をやって来ると、もうそれぁ幅が利くんだからね、だからみんなでかけるんだよ、けれども仲々うまく行かないからねえ、ギルバート群島からのぼって発ったときはうまくいったけれどねえ、ボルネオから発ったときはすっかりしくじっちゃったんだ。それでも面白かったねえ、ギルバート群島の中の何と云う島かしら小さいけれども白壁の教会もあった、その島の近くに僕は行ったねえ、行くたって仲々容易じゃないや、あすこらは赤道無風帯ってお前たちが云うんだろう。僕たちはめったに歩けやしない。それでも無風帯のはじの方から舞い上ったんじゃ中々高いとこへ行かないし高いとこへ行かなきゃ北極だなんて遠い処へも行けないから誰でもみんななるべく無風帯のまん中へ行こう行こうとするんだ。僕は一生けん命すきをねらってはひるのうちに海から向うの島へ行くようにし夜のうちに島から又向うの海へ出るようにして何べんも何べんも戻ったりしながらやっとすっかり赤道まで行ったんだ。赤道には僕たちが見るとちゃんと白い指導標が立っているよ。お前たちが見たんじゃわかりゃしない。大循環志願者出発線、これより北極に至る八千九百ベェスター南極に至る八千七百ベェスターと書いてあるんだ。そのスタートに立って僕は待っていたねえ、向うの島の椰子の木は黒いくらい青く、教会の白壁は眼へしみる位白く光っているだろう。だんだんひるになって暑くなる、海は油のようにとろっとなってそれでもほんの申しわけに白い波がしらを振っている。

ひるすぎの二時頃になったろう。島で銅鑼がだるそうにぼんぼんと鳴り椰子の木もパンの木も一ぱいにからだをひろげてだらしなくねむっているよう、赤い魚も水の中でもうふらふら泳いだりじっととまったりして夢を見ているんだ。その夢の中で魚どもはみんな青ぞらを泳いでいるんだ。青ぞらをぷかぷか泳いでると思っているんだ。魚というものは生意気なもんだねえ、ところがほんとうは、その時、空を騰って行くのは僕たちなんだ、魚じゃないんだ。もうきっとその辺にさえ居れや、空へ騰って行かなくちゃいけないような気がするんだ。けれどものぼって行くたってそれはそれはそおっとのぼって行くんだよ。

椰子の樹の葉にもさわらず魚の夢もさまさないようにまるでまるでそおっとのぼって行くんだ。はじめはそれでも割合早いけれどもだんだんのぼって行って海がまるで青い板のように見え、その中の白いなみがしらもまるで玩具（おもちゃ）のように小さくちらちらするようになり、さっきの島などはまるで一粒（つぶ）の緑柱石（りょくちゅうせき）のように見えて来るころは、僕たちはもう上の方のずうっと冷たい所に居てふうと大きく息をつく、ガラスのマントがぱっと曇ったり又さっと消えたり何べんも何べんもするんだよ。けれどもとうとうすっかり冷くなって僕たちはがたがたふるえちまうんだ。そうすると僕たちの仲間はみんな集って手をつなぐ。そしてまだまだ騰って行くねえ、そのうちとうとうもう騰れない処まで来ちまうんだよ。その辺の寒さなら北極とくらべたってそんなに違（ちが）やしない。その時僕たちはどうしても北の方に行かなきゃいけないようになるんだ。うしろの方では

『ああ今度はいよいよ、かけるんだな。南極はここから八千七百ヴェスターだねえ、ずいぶん遠いねえ』なんて云っている、僕たちもふり向いて、ああそうですね、もうお別れで

す、僕たちはこれから北極へ行くんです。ほんの一寸の間でしたね、ご一緒したのも、じゃさよならって云うんだよ。もうそう云ってしまうかしまわないうち僕たち北極行きの方はどんどんどんどん走り出しているんだ。咽喉もかわき息もつかずまるで矢のようにどんどんどんどんかける。それでもすこしも疲れぁしない、ただ北極へ北極へとみんな一生けん命なんだ。下の方はまっ白な雲になっていることもあれば海か陸かただ蒼黝く見えることもある、昼はお日さまの下を夜はお星さまたちの下をどんどんどんかけて行くんだ。ほんとうにもう休みなしでかけるんだ。

ところがだんだん進んで行くうちに僕たちは何だかお互いの間が狭くなったような気がして前はひとりで広い場所をとって手だけつなぎ合ってかけて居たのが今度は何だかとなりの人のマントとぶっつかったり、手だって前のようにのばして居られなくなって縮まるんだろう。それがひどく疲れるんだよ。もう疲れて疲れて手をはなしそうになるんだ。それでもみんな早く北極へ行こうと思うから仲々手をはなさない、それでもとうとうたまら

なくなって一人二人ずつ手をはなすんだ。そして
『もう僕だめだ。おりるよ。さよなら。』
とずうっと下の方で聞えたりする。（略）

＊

「ドッドド、ドドウド、ドドウド、ドドウ、
ああまいざくろも吹きとばせ、
すっぱいざくろも吹きとばせ、
ドッドド、ドドウド、ドドウド、ドドウ
ドッドド、ドドウド、ドドウド、ドドウ。」
先頃又三郎から聴いたばかりのその歌を一郎は夢の中で又きいたのです。
びっくりして跳ね起きて見ましたら外ではほんとうにひどく風が吹いてうしろの林はま

るで咆えるよう、あけがた近くの青ぐろいうすあかりが障子や棚の上の提灯箱や家中いっぱいでした。（略）

＊

空では雲がけわしい銀いろに光りどんどんどんどん北の方へ吹きとばされていました。遠くの方の林はまるで海が荒れているようにごとんごとんと鳴ったりざあと聞えたりするのでした。一郎は顔や手につめたい雨の粒を投げつけられ風にきものも取って行かれそうになりながらだまってその音を聴きすましじっと空を見あげました。もう又三郎が行ってしまったのだろうかそれとも先頃約束したように誰かの目をさますうち少し待って居て呉れたのかと考えて一郎は大へんさびしく胸がさらさら波をたてるように思いました。けれども又じっとその鳴って吠えてうなってかけて行く風をみていますと今度は胸がどかどかなってくるのでした。昨日まで丘や野原の空の底に澄みきってしんとしていた風どもが今朝夜あけ方俄かに一斉に斯う動き出してどんどんどんどんタスカロラ海床の北のはじをめがけて行くことを考えますともう一郎は顔がほてり息もはあ、はあ、なって自分までが一緒に空を翔けて行くように胸を一杯にはり手をひろげて叫びました。

「ドッドドドドウドドドドウ、あまいざくろも吹きとばせ、すっぱいざくろも吹きとばせ、ドッドドドドウドドドドウ、ドッドドドドウドドドードドドウ。」

その声はまるできれぎれに風にひきさかれて持って行かれましたがそれと一緒にうしろの遠くの風の中から、斯ういう声がきれぎれに聞えたのです。

「ドッドドドドウドドドドウドドドドウ、
楢の木の葉も引っちぎれ
とちもくるみもふきおとせ
ドッドドドドウドドドドウドドドドウ。」

一郎は声の来た栗の木の方を見ました。俄かに頭の上で

「さよなら、一郎さん、」と云ったかと思うとその声はもう向うのひのきのかきねの方へ行っていました。一郎は高く叫びました。

「又三郎さん。さよなら。」

かきねのずうっと向うで又三郎のガラスマントがぎらっと光りそれからあの赤い頰（ほお）とみだれた赤毛とがちらっと見えたと思うと、もうすうっと見えなくなってただ雲がどんどん飛ぶばかり一郎はせなか一杯風を受けながら手をそっちへのばして立っていたのです。

「ああ烈（ひ）で風だ。今度はすっかりやらへる。一郎。ぬれる、入れ。」いつか一郎のおじいさんが潜（もぐ）りの処でそらを見あげて立っていました。一郎は早く仕度をして学校へ行ってみんなに又三郎のさようならを伝えたいと思って少しもどかしく思いながらいそいで家の中へ入りました。

『新校本　宮澤賢治全集第九巻』（筑摩書房）一九九五年六月二十五日発行より

銀河鉄道の夜（抜粋）

午后の授業

「ではみなさんは、そういうふうに川だと言われたり、乳の流れたあとだと言われたりしていたこのぼんやりと白いものがほんとうは何かご承知ですか。」先生は、黒板に吊（つる）した大きな黒い星座の図の、上から下へ白くけぶった銀河帯のようなところを指しながら、みんなに問をかけました。（略）

＊

「このぼんやりと白い銀河を大きないい望遠鏡で見ますと、もうたくさんのちいさな星に見えるのです。ジョバンニさんそうでしょう。」

ジョバンニはまっ赤になってうなずきました。けれどもいつかジョバンニの眼のなかには涙がいっぱいになりました。そうだ僕は知っていたのだ。勿論カムパネルラも知っている、それはいつかカムパネルラのお父さんの博士のうちでカムパネルラといっしょに読んだ雑誌のなかにあったのだ。それどこでなくカムパネルラは、その雑誌を読むと、すぐお父さんの書斎から巨きな本をもってきて、ぎんがというところをひろげ、まっ黒な頁いっぱいに白い点々のある美しい写真を二人でいつまでも見たのでした。それをカムパネルラが忘れるはずもなかったのに、すぐに返事をしなかったのは、このごろぼくが、朝にも午后にも仕事がつらく、学校に出てももうみんなともはきはき遊ばず、カムパネルラともあんまり物を言わないようになったので、カムパネルラがそれを知って気の毒がってわざと返事をしなかったのだ、そう考えるとたまらないほど、じぶんもカムパネルラもあわれなような気がするのでした。

先生はまた云いました。

「ですからもしもこの天の川がほんとうに川だと考えるなら、その一つ一つの小さな星はみんなその川のそこの砂や砂利の粒にもあたるわけです。またこれを巨きな乳の流れと考えるならもっと天の川とよく似ています。つまりその星はみな、乳のなかにまるで細かにうかんでいる脂油の球にもあたるのです。そんなら何がその川の水にあたるかと云いますと、それは真空という光をある速さで伝えるもので、太陽や地球もやっぱりそのなかに浮んでいるのです。つまりは私どもも天の川の水のなかに棲んでいるわけです。そしてその天の川の水のなかから四方を見ると、ちょうど水が深いほど青く見えるように、天の川の底の深く遠いところほど星がたくさん集って見えしたがって白くぼんやり見えるのです。この模型をごらんなさい。」(略)

*

活版所

ジョバンニが学校の門を出るとき、同じ組の七八人は家へ帰らずカムパネルラをまん中にして校庭の隅の桜の木のところに集まっていました。それはこんやの星祭に青いあかりをこしらえて川へ流す烏瓜（からすうり）を取りに行く相談らしかったのです。

けれどもジョバンニは手を大きく振ってどしどし学校の門を出て来ました。すると町の家々ではこんやの銀河の祭りにいちいの葉の玉をつるしたりひのきの枝にあかりをつけたりいろいろ仕度をしているのでした。

家へは帰らずジョバンニが町を三つ曲ってある大きな活版処にはいってすぐ入口の計算台に居ただぶだぶの白いシャツを着た人におじぎをしてジョバンニは靴をぬいで上りますと、突き当りの大きな扉をあけました。

＊

「これだけ拾って行けるかね。」と云いながら、一枚の紙切れを渡しました。ジョバンニはその人の卓子の足もとから一つの小さな平たい函をとりだして向うの電燈のたくさんついた、たてかけてある壁の隅の所へしゃがみ込むと小さなピンセットでまるで粟粒ぐらいの活字を次から次と拾いはじめました。

＊

ジョバンニは何べんも眼を拭いながら活字をだんだんひろいました。

六時がうってしばらくたったころ、ジョバンニは拾った活字をいっぱいに入れた平たい箱をもういちど手にもった紙きれと引き合せてから、さっきの卓子の人へ持ってきました。

＊

ジョバンニはおじぎをすると扉をあけてさっきの計算台のところに来ました。するとさっきの白服を着た人がやっぱりだまって小さな銀貨を一つジョバンニに渡しました。ジョバンニは俄かに顔いろがよくなって威勢よくおじぎをすると台の下に置いた鞄をもっておもてへ飛びだしました。それから元気よく口笛を吹きながらパン屋へ寄ってパンの塊を一つと角砂糖を一袋買いますと一目散に走りだしました。

*

家

ジョバンニが勢よく帰って来たのは、ある裏町の小さな家でした。その三つならんだ入口の一番左側には空箱に紫いろのケールやアスパラガスが植えてあって小さな二つの窓には日覆ひが下りたままになっていました。

「お母さん。いま帰ったよ。工合悪くなかったの。」ジョバンニは靴をぬぎながら云いました。

「ああ、ジョバンニ、お仕事がひどかったろう。今日は涼しくてね。わたしはずうっと工合がいいよ。」

＊

「ねえお母さん。ぼくお父さんはきっと間もなく帰ってくると思うよ。」

「ああわたしもそう思う。けれどもおまえはどうしてそう思うの。」

「だって今朝の新聞に今年は北の方の漁は大へんよかったと書いてあったよ。」

「ああだけどねえ、お父さんは漁へ出ていないかもしれない。」

「きっと出ているよ。お父さんが監獄へ入るようなそんな悪いことをした筈がないんだ。この前お父さんが持ってきて学校へ寄贈した巨きな蟹の甲らだの となかいの角だの今だってみんな標本室にあるんだ。六年生なんか授業のとき先生がかわるがわる教室へ持って行

くよ。一昨年修学旅行で〔以下数文字分空白〕

「お父さんはこの次はおまえにラッコの上着をもってくるといったねえ。」

「みんながぼくにあうとそれを云うよ。ひやかすように云うんだ。」

「おまえに悪口を云うの。」

「うん、けれどもカムパネルラなんか決して云わない。カムパネルラはみんながそんなことを云うときは気の毒そうにしているよ。」

「あの人はうちのお父さんとはちょうどおまえたちのように小さいときからのお友達だったそうだよ。」

「ああだからお父さんはぼくをつれてカムパネルラのうちへもつれて行ったよ。あのころはよかったなあ。ぼくは学校から帰る途中たびたびカムパネルラのうちに寄った。カムパネルラのうちにはアルコールランプで走る汽車があったんだ。レールを七つ組み合せると円くなってそれに電柱や信号標もついていて信号標のあかりは汽車が通るときだけ青くなるようになっていたんだ。いつかアルコールがなくなったとき石油をつかったら、缶がすっかり煤(すす)けたよ。」

*

「そうだ。今晩は銀河のお祭だねえ。」

「うん。ぼく牛乳をとりながら見てくるよ。」

「ああ行っておいで。川へははいらないでね。」

「ああぼく岸から見るだけなんだ。一時間で行ってくるよ」

「もっと遊んでおいで。カムパネルラさんと一緒なら心配はないから。」

「ああきっと一緒だよ。お母さん、窓をしめて置こうか。」

「ああ、どうか。もう涼しいからね」

ジョバンニは立って窓をしめお皿やパンの袋を片附けると勢よく靴をはいて

「では一時間半で帰ってくるよ。」と云いながら暗い戸口を出ました。

*

天気輪の柱

その真っ黒な、松や楢の林を越えると、にわかにがらんと空がひらけて、天の川がしらしらと南から北へわたっているのが見え、また頂きの、天気輪の柱も見わけられたのでした。つりがねそうか野ぎくかの花が、そこらいちめんに、夢の中からでも薫りだしたというように咲き、鳥が一疋、丘の上を鳴き続けながら通って行きました。

ジョバンニは、頂の天気輪の柱の下に来て、どかどかするからだを、つめたい草に投げました。

町の灯は、暗の中をまるで海の底のお宮のけしきのようにともり、子供らの歌う声や口笛、きれぎれの叫び声もかすかに聞えて来るのでした。風が遠くで鳴り、丘の草もしずかにそよぎ、ジョバンニの汗でぬれたシャツもつめたく冷されました。ジョバンニは町のはずれから遠く黒くひろがった野原を見わたしました。

＊

銀河ステーション

するとどこかで、ふしぎな声が、銀河ステーション、銀河ステーションという声がしたと思うといきなり眼の前が、ぱっと明るくなって、まるで億万の蛍烏賊（ほたるいか）の火を一ぺんに化石させて、そら中に沈めたといふ工合、またダイアモンド会社で、ねだんがやすくならないために、わざと穫（と）れないふりをして、かくして置いた金剛石を、誰かがいきなりひっくりかえして、ばら撒（ま）いたという風に、眼の前がさあっと明るくなって、ジョバンニは、思わず何べんも眼を擦(こす)ってしまいました。

気がついてみると、さっきから、ごとごとごとごと、ジョバンニの乗っている小さな列車が走りつづけていたのでした。ほんとうにジョバンニは、夜の軽便鉄道の、小さな黄いろの電燈のならんだ車室に、窓から外を見ながら座っていたのです。車室の中は、青い天蚕絨(ビロード)を張った腰掛けが、まるでがら明きで、向うの鼠(ねずみ)いろのワニスを塗った壁には、真鍮(しんちゅう)の大きなぼたんが二つ光っているのでした。

すぐ前の席に、ぬれたようにまっ黒な上着を着た、せいの高い子供が、窓から頭を出して外を見ているのに気が付きました。そしてそのこどもの肩のあたりが、どうも見たことのあるような気がして、そう思うと、もうどうしても誰だかわかりたくて、たまらなくなりました。いきなりこっちも窓から顔を出そうとしたとき、俄かにその子供が頭を引っ込めて、こっちを見ました。

それはカムパネルラだったのです。（略）

＊

北十字とプリオシン海岸

「僕はおっかさんが、ほんとうに幸になるなら、どんなことでもする。けれども、いったいどんなことが、おっかさんのいちばんの幸なんだろう。」カムパネルラは、なんだか、泣きだしたいのを、一生けん命こらえているようでした。

「きみのおっかさんは、なんにもひどいことないじゃないの。」ジョバンニはびっくりして叫びました。

「ぼくわからない。けれども、誰だって、ほんとうにいいことをしたら、いちばん幸なんだねえ。だから、おっかさんは、ぼくをゆるして下さると思う。」カムパネルラは、なにかほんとうに決心しているように見えました。（略）

鳥を捕る人

「ここへかけてもようございますか。」

がさがさした、けれども親切そうな、大人の声が、二人のうしろで聞えました。

それは、茶いろの少しぼろぼろの外套を着て、白い巾でつつんだ荷物を、二つに分けて肩に掛けた、赤髯のせなかのかがんだ人でした。（略）

＊

赤ひげの人が、少しおずおずしながら、二人に訊きました。

「あなた方は、どちらへ入らっしゃるんですか。」

＊

「どこまでも行くんです。」ジョバンニは、少しきまり悪そうに答えました。

「それはいいね。この汽車は、じっさい、どこまででも行きますぜ。」

「あなたはどこへ行くんです。」カムパネルラが、いきなり、喧嘩(けんか)のようにたずねましたので、ジョバンニは、思わずわらいました。すると、向うの席に居た、尖(とが)った帽子をかぶり、大きな鍵を腰に下げた人も、ちらっとこっちを見てわらいましたので、カムパネルラも、つい顔を赤くして笑いだしてしまいました。ところがその人は別に怒ったでもなく、頬をぴくぴくしながら返事しました。

「わっしはすぐそこで降ります。わっしは、鳥をつかまえる商売でね。」

「何鳥ですか。」

「鶴(つる)や雁(がん)です。さぎも白鳥もです。」

「鶴はたくさんいますか。」

「居ますとも。さっきから鳴いてまさあ。聞かなかったのですか。」

「いいえ。」

「いまでも聞えるじゃありませんか。そら、耳をすまして聴いてごらんなさい。」

二人は眼を挙げ、耳をすましました。ごとごと鳴る汽車のひびきと、すすきの風との間から、ころんころんと水の湧くような音が聞えて来るのでした。(略)

＊

「鷺はおいしいんですか。」

「ええ、毎日注文があります。しかし雁の方が、もっと売れます。雁の方がずっと柄がいいし、第一手数がありませんからな。そら。」鳥捕りは、また別の方の包みを解きました。すると黄と青じろとまだらになって、なにかのあかりのようにひかる雁が、ちょうどさっきの鷺のように、くちばしを揃えて、少し扁べったくなって、ならんでいました。

「こっちはすぐ喰べられます。どうです、少しおあがりなさい。」鳥捕りは、黄いろな雁の足を、軽くひっぱりました。するとそれは、チョコレートででもできているように、すっときれいにはなれました。

「どうです。すこしたべてごらんなさい。」鳥捕りは、それを二つにちぎってわたしました。ジョバンニは、ちょっと喰べてみて、(なんだ、やっぱりこいつはお菓子だ。チョコレートよりも、もっとおいしいけれども、こんな雁が飛んでいるもんか。この男は、どこかそこらの野原の菓子屋だ。けれどもぼくは、このひとをばかにしながら、この人のお菓子をたべているのは、大へん気の毒だ。)とおもいながら、やっぱりぽくぽくそれをたべていました。(略)

*

「こいつは鳥じゃない。ただのお菓子でしょう。」やっぱりおなじことを考えていたとみえて、カムパネルラが、思い切ったというように、尋ねました。鳥捕りは、何か大へんあ

わてた風で、

「そうそう、ここで降りなけぁ。」と言いながら、立って荷物をとったと思うと、もう見えなくなっていました。

「どこへ行ったんだろう。」二人は顔を見合わせましたら、燈台守は、にやにや笑って、少し伸びあがるようにしながら、二人の横の窓の外をのぞきました。二人もそっちを見ましたら、たったいまの鳥捕りが、黄いろと青じろの、うつくしい燐光を出す、いちめんのかわらははこぐさの上に立って、まじめな顔をして両手をひろげて、じっとそらを見ていたのです。

「あすこへ行ってる。ずいぶん奇体だねえ。きっとまた鳥をつかまえるとこだねえ。汽車が走って行かないうちに、早く鳥がおりるといいな。」と言った途端、がらんとした桔梗いろの空から、さっき見たような鷺が、まるで雪の降るように、ぎゃあぎゃあ叫びながら、いっぱいに舞いおりて来ました。するとあの鳥捕りは、すっかり注文通りだというようにほくほくして、両足をかっきり六十度に開いて立って、鷺のちぢめて降りて来る黒い脚を両手で片っ端から押えて、布の袋の中に入れるのでした。すると鷺は、蛍のように、袋の中でしばらく、青くぺかぺか光ったり消えたりしていましたが、おしまいとうとう、みんなぼんやり白くなって、眼をつぶるのでした。ところが、つかまえられる鳥よりは、つかまえられないで無事に天の川の砂の上に降りるものの方が多かったのです。それは見ていると、足が砂へつくや否や、まるで雪の融けるように、縮まって扁べったくなって、間もなく溶鉱炉から出た銅の汁のように、砂や砂利の上にひろがり、しばらくは鳥の形が、砂についているのでしたが、それも二三度明るくなったり暗くなったりしているうちに、もうすっかりまわりと同じいろになってしまうのでした。（略）

＊

ジョバンニの切符

「切符を拝見いたします。」三人の席の横に、赤い帽子をかぶったせいの高い車掌が、いつかまっすぐに立っていて言いました。鳥捕りは、だまってかくしから、小さな紙切れを出しました。車掌はちょっと見て、すぐ眼をそらして、（あなた方のは？）というやうに、指をうごかしながら、手をジョバンニたちの方へ出しました。

＊

「これは三次空間の方からお持ちになったのですか。」車掌がたずねました。

「何だかわかりません。」もう大丈夫だと安心しながらジョバンニはそっちを見あげてくつくつ笑いました。

「よろしうございます。南十字（サウザンクロス）へ着きますのは、次の第三時ころになります。」車掌は紙をジョバンニに渡して向うに行きました。

カムパネルラは、その紙切れが何だったか待ち兼ねたというように急いでのぞきこみました。ジョバンニも全く早く見たかったのです。ところがそれはいちめん黒い唐草のような模様の中に、おかしな十ばかりの字を印刷したものでだまって見ていると何だかその中へ吸い込まれてしまうような気がするのでした。すると鳥捕りが横からちらっとそれを見てあわてたように言いました。

「おや、こいつは大したもんですぜ。こいつはもう、ほんとうの天上でさえ行ける切符だ。天上どこじゃない、どこでも勝手にあるける通行券です。こいつをお持ちになれぁ、なるほど、こんな不完全な幻想第四次の銀河鉄道なんか、どこまでも行ける筈でさあ、あなた方大したもんですね。」

「何だかわかりません。」ジョバンニが赤くなって答えながらそれを又畳んでかくしに入れました。（略）

＊

「何だか苹果（りんご）の匂がする。僕いま苹果のこと考えたためだろうか。」カンパネルラが不思議そうにあたりを見まわしました。

「ほんとうに苹果の匂だよ。それから野茨（のばら）の匂もする。」ジョバンニもそこらを見ましたがやっぱりそれは窓からでも入って来るらしいのでした。いま秋だから野茨の花の匂のする筈はないとジョバンニは思いました。

そしたらにわかにそこに、つやつやした黒い髪の六つばかりの男の子が赤いジャケツのぼたんもかけずひどくびっくりしたような顔をしてがたがたふるえてはだしで立っていました。隣りには黒い洋服をきちんと着たせいの高い青年が一ぱいに風に吹かれているけやきの木のような姿勢で、男の子の手をしっかりひいて立っていました。

「あら、ここどこでしょう。まあ、きれいだわ。」青年のうしろにもひとり十二ばかりの眼の茶いろな可愛らしい女の子が黒い外套を着て青年の腕にすがって不思議そうに窓の外を見ているのでした。

「ああ、ここはランカシャイヤだ。いや、コンネクテカット州だ。いや、ああ、ぼくたちはそらへ来たのだ。わたしたちは天へ行くのです。ごらんなさい。あのしるしは天上のしるしです。もうなんにもこわいことありません。わたくしたちは神さまに召されているのです。」黒服の青年はよろこびにかがやいてその女の子に云いました。けれどもなぜかまた額に深く皺(しわ)を刻んで、それに大へんつかれているらしく、無理に笑いながら男の子をジョバンニのとなりに座らせました。(略)

*

泣いていた姉もハンケチで眼をふいて外を見ました。青年は教えるようにそっと姉弟にまた言いました。

「わたしたちはもうなんにもかなしいことないのです。わたしたちはこんないいとこを旅して、じき神さまのとこへ行きます。そこならもうほんとうに明るくて匂がよくて立派な人たちでいっぱいです。そしてわたしたちの代りにボートへ乗れた人たちは、きっとみんな助けられて、心配して待っているめいめいのお父さんやお母さんや自分のお家へやら行くのです。さあ、もうじきですから元気を出しておもしろくうたって行きましょう。」青年は男の子のぬれたような黒い髪をなで、みんなを慰めながら、自分もだんだん顔いろがかがやいて来ました。

「あなた方はどちらからいらっしゃったのですか。どうなすったのですか。」さっきの燈台看守がやっと少しわかったように青年にたずねました。青年はかすかにわらいました。

「いえ、氷山にぶっつかって船が沈みましてね、わたしたちはこちらのお父さんが急な用で二ヶ月前一足さきに本国へお帰りになったのであとから発ったのです。私は大学へはいっていて、家庭教師にやとわれていたのです。ところがちょうど十二日目、今日か昨日のあたりです、船が氷山にぶっつかって一ぺんに傾きもう沈みかけました。月のあかりはどこかぼんやりありましたが、霧が非常に深かったのです。ところがボートは左舷の方半分はもうだめになっていましたから、とてもみんなは乗り切らないのです。もうそのうちにも船は沈みますし、私は必死となって、どうか小さな人たちを乗せて下さいと叫びました。近くの人たちはすぐみちを開いてそして子供たちのために祈ってくれました。けれどもそこからボートまでのところにはまだまだ小さな子どもたちや親たちやなんか居て、とても押しのける勇気がなかったのです。それでもわたくしはどうしてもこの方たちをお助けするのが私の義務だと思いましたから前にいる子供らを押しのけようとしました。けれどもまたそんなにして助けてあげるよりはこのまま神のお前にみんなで行く方がほんとうにこの方たちの幸福だとも思いました。それからまたその神にそむく罪はわたくしひとりでしょってぜひとも助けてあげようと思ひました。けれどもどうして見ているとそれができないのでした。子どもらばかりボートの中へはなしてやってお母さんが狂気のようにキスを送りお父さんがかなしいのをじっとこらえてまっすぐに立っているなどとてももう腸もちぎれるようでした。そのうち船はもうずんずん沈みますから、私はもうすっかり覚悟してこの人たち二人を抱いて、浮べるだけは浮ぼうとかたまって船の沈むのを待っていました。誰が投げたかライフヴイが一つ飛んで来ましたけれども滑ってずうっと向うへ行ってしまいました。私は一生けん命で甲板の格子になったとこをはなして、三人それにしっかりとりつきました。どこからともなく〔約二字分空白〕番の声があがりました。たちまちみんなはいろいろな国語で一ぺんにそれをうたいました。そのとき俄かに大きな音がして私たちは水に落ちました。もう渦に入ったと思いながらしっかりこの人たちをだいてそれからぼうっとしたと思ったらもうここ来ていたのです。

この方たちのお母さんは一昨年没くなられました。ええボートはきっと助かったにちがいありません　何せよほど熟練な水夫たちが漕いですばやく船からはなれていましたから。」

そこらから小さな嘆息やいのりの声が聞えジョバンニもカムパネルラもいままで忘れていたいろいろのことを思い出して眼が熱くなりました。

(ああ、その大きな海はパシフィックというのではなかったろうか。その氷山の流れる北のはての海で、小さな船に乗って、風や凍りつく潮水や、烈しい寒さとたたかって、たれかが一生けんめいはたらいている。ぼくはそのひとにほんとうに気の毒でそしてすまないような気がする。ぼくはそのひとのさいわいのためにいったいどうしたらいいのだろう。)

ジョバンニは首を垂れて、すっかりふさぎ込んでしまいました。

「なにがしあわせかわからないです。ほんとうにどんなつらいことでもそれがただしいみちを進む中でのできごとなら峠の上りも下りもみんなほんとうの幸福に近づく一あしずつですから。」

燈台守がなぐさめていました。

「ああそうです。ただいちばんのさいわいに至るためにいろいろのかなしみもみんなおぼしめしです。」青年が祈るようにそう答えました。（略）

＊

川の向う岸が俄かに赤くなりました。楊（ねこやなぎ）の木や何かもまっ黒にすかし出され見えない天の川の波もときどきちらちら針のように赤く光りました。まったく向う岸の野原に大きなまっ赤な火が燃されその黒いけむりは高く桔梗いろのつめたそうな天をも焦がしそうでした。ルビーよりも赤くすきとおりリチウムよりもうつくしく酔ったようになってその火は燃えているのでした。「あれは何の火だろう。あんな赤く光る火は何を燃やせばできるんだろう。」ジョバンニが云いました。「蠍（さそり）の火だな。」カムパネルラが又地図を首っ引きして答えました。「あら、蠍の火のことならあたし知ってるわ。」

「蠍の火って何だい。」ジョバンニがききました。「蠍がやけて死んだのよ。その火がいまでも燃えてるってあたし何べんもお父さんから聴いたわ。」「蠍って、虫だろう。」「ええ、蠍は虫よ。だけどいい虫だわ。」「蠍いい虫じゃないよ。僕博物館でアルコールにつけてあるの見た。尾にこんなかぎがあってそれで螫されると死ぬって先生が云ったよ。」「そうよ。だけどいい虫だわ、お父さん斯う云ったのよ。むかしのバルドラの野原に一ぴきの蠍がいて小さな虫やなんか殺してたべて生きていたんですって。するとある日いたちに見附かって食べられそうになったんですって。さそりは一生けん命遁げて遁げたけどとうとういたちに押えられそうになったわ、そのときいきなり前に井戸があってその中に落ちてしまったわ、もうどうしてもあがれないでさそりは溺れはじめたのよ。そのときさそりは斯う云ってお祈りしたというの。

ああわたしはいままでいくつのものの命をとったかわからない、そしてその私がこんどいたちにとられようとしたときはあんなに一生けん命にげた。それでもとうとうこんなになってしまった。ああなんにもあてにならない。どうしてわたしはわたしのからだをだまっていたちに呉れてやらなかったろう。そしたらいたちも一日生きのびたろうに。どうか神さま。私の心をごらん下さい。こんなにむなしく命をすてずどうかこの次にはまことのみんなの幸のために私のからだをおつかい下さい。って云ったというの。そしたらいつか蠍はじぶんのからだがまっ赤なうつくしい火になって燃えてよるのやみを照らしているのを見たって。いまでも燃えてるってお父さん仰（おっしゃ）ったわ。ほんとうにあの火それだわ。」

「そうだ。見たまえ。そこらの三角標はちょうどさそりの形にならんでいるよ。」

ジョバンニはまったくその大きな火の向うに三つの三角標がちょうどさそりの腕のようにこっちに五つの三角標がさそりの尾やかぎのようにならんでいるのを見ました。そしてほんとうにそのまっ赤なうつくしいさそりの火は音なくあかるくあかるく燃えたのです。

*

「もうじきサウザンクロスです。おりる支度をして下さい。」青年がみんなに言いました。

「僕も少し汽車へ乗ってるんだよ。」男の子が云いました。カムパネルラのとなりの女の子はそわそわ立って支度をはじめましたけれどもやっぱりジョバンニたちとわかれたくないようなようすでした。

「ここでおりなけぁいけないのです。」青年はきちっと口を結んで男の子を見おろしながら言いました。「厭だい。僕もう少し汽車へ乗ってから行くんだい。」ジョバンニがこらえ兼ねて云いました。「僕たちと一諸に乗って行こう。僕たちどこまでだって行ける切符持ってるんだ。」「だけどあたしたちもうここで降りなけぁいけないのよ。ここ天上へ行くとこなんだから。」女の子がさびしさうに言いました。

「天上へなんか行かなくたっていいじゃないか。ぼくたちここで天上よりももっといいとこをこさえなけぁいけないって僕の先生が言ったよ。」「だっておっ母さんも行ってらっしゃるしそれに神さまが仰っしゃるんだわ。」「そんな神さまうその神さまだい。」「あなたの神さまうその神さまよ。」「そうじゃないよ。」「あなたの神さまってどんな神さまですか。」青年は笑いながら言いました。「ぼくほんとうはよく知りません。けれどもそんなんでなしにほんとうのたった一人の神さまです。」「ほんとうの神さまはもちろんたった一人です。」「ああ、そんなんでなしにたったひとりのほんとうのほんとうの神さまです。」「だからそうじゃありませんか。わたくしはあなた方がいまにそのほんとうの神さまの前にわたくしたちとお会いになることを祈ります。」青年はつつましく両手を組みました。女の子もちょうどその通りにしました。みんなほんとうに別れが惜しそうでその顔いろも少し青ざめて見えました。ジョバンニはあぶなく声をあげて泣き出そうとしました。

「さあ、下りるんですよ。」青年は男の子の手をひき姉妹たちには互いにえりや肩を直してやってだんだん向うの出口の方へ歩き出しました。「じゃさよなら。」女の子がふりかえって二人に言いました。「さよなら。」ジョバンニはまるで泣き出したいのをこらえて怒ったようにぶっきり棒に言いました。女の子はいかにもつらさうに眼を大きくしても一度こっちをふりかえってそれからあとはもうだまって出て行ってしまいました。汽車の中はもう半分以上も空いてしまい俄かにがらんとしてさびしくなり風がいっぱいに吹き込みました。

＊

ジョバンニはああと深く息しました。「カムパネルラ、また僕たち二人きりになったねえ、どこまでもどこまでも一緒に行こう。僕はもうあのさそりのようにほんとうにみんなの幸のためならば僕のからだなんか百ぺん灼いてもかまわない。」「うん。僕だってそうだ。」カムパネルラの眼にはきれいな涙がうかんでいました。「けれどもほんとうのさいわいは一体何だろう。」ジョバンニが云いました。「僕わからない。」カムパネルラがぼんやり云いました。

ジョバンニが云いました。「僕もうあんな大きな暗の中だってこわくない。きっとみんなのほんとうのさいわいをさがしに行く。どこまでもどこまでも僕たち一緒に進んで行こう。」「ああきっと行くよ。ああ、あすこの野原はなんてきれいだろう。みんな集ってくるねえ。あすこがほんとうの天上なんだ　あっあすこにいるのぼくのお母さんだよ。」カムパネルラは俄かに窓の遠くに見えるきれいな野原を指して叫びました。

ジョバンニもそっちを見ましたけれどもそこはぼんやり白くけむっているばかりどうしてもカムパネルラが云ったように思われませんでした。何とも云えずさびしい気がしてぼんやりそっちを見ていましたら向うの河岸に二本の電信ばしらが丁度両方から腕を組んだように赤い腕木をつらねて立っていました。「カムパネルラ、僕たち一緒に行こうねえ。」

＊

ジョバンニが斯う言いながらふりかへって見ましたらそのいままでカムパネルラの座って

いた席にもうカムパネルラの形は見えずジョバンニはまるで鉄砲丸のように立ちあがりました。そして誰にも聞こえないように窓の外へからだを乗り出して力いっぱいはげしく胸をうって叫びそれからもう咽喉いっぱい泣きだしました。もうそこらへんが一ぺんにまっくらになったように思いました。

＊

ジョバンニは眼をひらきました。もとの丘の草の中につかれてねむっていたのでした。胸は何だかおかしく熱り頬にはつめたい涙がながれていました。

ジョバンニはばねのようにはね起きました。町はすっかりさっきの通りに下でたくさんの灯を綴ってはいましたがその光はなんだかさっきよりは熟したという風でした。そしてたったいま夢であるいた天の川もやっぱりさっきの通りに白くぼんやりかかりまっ黒な南の地平線の上では殊(こと)にけむったようになってその右には蠍座の赤い星がうつくしくきらめ

き、そらぜんたいの位置はそんなに変ってもいないようでした。（略）

＊

そしてしばらく木のある町を通って大通りへ出てまたしばらく行きますとみちは十文字になってその右手の方通りのはずれにさっきカムパネルラたちのあかりを流しにいった川へかかった大きな橋のやぐらが夜のそらにぼんやり立っていました。

ところがその十字になった町かどや店の前に女たちが七八人ぐらいずつ集って橋の方を見ながら何かひそひそ談しているのです。それから橋の上にもいろいろなあかりがいっぱいなのでした。

ジョバンニはなぜかさあっと胸が冷たくなったように思いました。そしていきなり近くの人たちへ

「何かあったんですか。」と叫ぶようにききました。

「こどもが水へ落ちたんですよ。」一人が言いますとその人たちは一斉にジョバンニの方を見ました。ジョバンニはまるで夢中で橋の方へ走りだしました。

＊

「ジョバンニ、カムパネルラが川へはいったよ。」

「どうして、いつ。」「ザネリがね、舟の上から烏うりのあかりを水の流れる方へ押してやろうとしたんだ。そのとき舟がゆれたもんだから水へ落っこたろう。するとカムパネルラがすぐ飛びこんだんだ。そしてザネリを舟の方へ押してよこしたんだ。ザネリはカトウにつかまった。けれどもあとカムパネルラが見えないんだ。」「みんな探してるんだろう。」「ああすぐみんな来た。カムパネルラのお父さんも来た。けれども見つからないんだ。」（略）

＊

けれどもみんなはまだ、どこかの波の間から、

「ぼくずいぶん泳いだぞ。」と云いながらカムパネルラが出て来るかあるいはカムパネルラがどこかの人の知らない洲にでも着いて立っていて誰かの来るのを待っているかというような気がして仕方ないらしいのでした。けれども俄かにカムパネルラのお父さんがきっぱり言いました。

「もう駄目です。落ちてから四十五分たちましたから。」

ジョバンニは思わずかけよって博士の前に立って、ぼくはカムパネルラの行った方を知っていますぼくはカムパネルラといっしょに歩いていたのですと言おうとしましたがもうのどがつまって何とも言えませんでした。

すると博士はジョバンニが挨拶に来たとでも思ったものですか　しばらくしげしげジョバンニを見ていましたが
「あなたはジョバンニさんでしたね。どうも今晩はありがとう。」と叮(てい)ねいに云いました。

ジョバンニは何も言えずにただおじぎをしました。

「あなたのお父さんはもう帰っていますか。」博士は堅く時計を握ったまままたたきました。

「いいえ。」ジョバンニはかすかに頭をふりました。

「どうしたのかなあ、ぼくには一昨日大へん元気な便りがあったんだが。今日あたりもう着くころなんだが。船が遅れたんだな。ジョバンニさん。あした放課后みなさんとうちへ遊びに来てくださいね。」

さう云いながら博士はまた川下の銀河のいっぱいにうつった方へじっと眼を送りました。

ジョバンニはもういろいろなことで胸がいっぱいでなんにも云えずに博士の前をはなれて早くお母さんに牛乳を持って行ってお父さんの帰ることを知らせようと思うともう一目散に河原を街の方へ走りました。


『新校本　宮澤賢治全集第十一巻』（筑摩書房）一九九六年一月二十五日発行より

CHAPTER 3

生きる

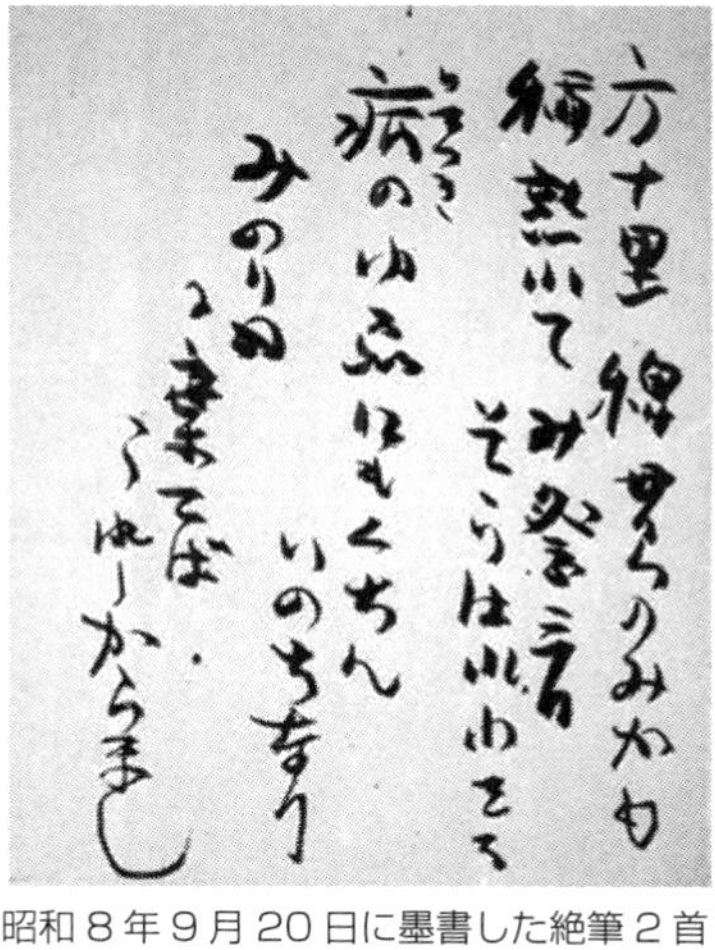

昭和８年９月20日に墨書した絶筆２首

宮澤賢治の生涯

宮澤賢治が生まれたのは一八九六（明治二九）年八月二七日。その二か月前の六月一五日、東北地方はマグニチュード八・二の巨大な地震に襲われました。岩手県上閉伊郡釜石町（現・釜石市）の東方沖二〇〇キロを震源とし、地震後の大津波は、海抜約三八・二メートルを超え、当時の観測史上で最高の到達高度を記録したほど。

平成二三年三月一一日に起きた東北地方太平洋沖地震の大津波が三八・九メートルを記録していますので、この大津波に匹敵するものでした。

今回の平成の地震で被害をこうむった現在の東北地方沿岸、岩手県宮古市、釜石市、大船渡市、山田町、宮城県女川町などは、明治の地震でも大津波に襲われ、死者・行方不明者は二万二〇〇〇人にものぼっています。

また、賢治が亡くなる約半年前の一九三三（昭和八）年の三月三日には、東北地方はまたしてもマグニチュード八・一の昭和三陸地震に見舞われ、死者・行方不明者は約三〇〇〇人にのぼりました。

このとき、賢治は詩人の大木実に「被害は津波によるもの最も多く海岸は実に悲惨です」と記した葉書を出しています。


賢治の作家活動が最も活発だった昭和の初め、岩手県は打ち続く旱魃、冷害で大凶作に見舞われました。昭和二年、三年、五年と続いた旱魃、六年の冷害による大凶作により、農民は窮乏と苦難を強いられ、賢治もひどく心を傷めて、その作品にも苦悩の影を色濃く落としています。

賢治の生涯は、まさに天災、凶作、恐慌との闘いでした。彼の詩や童話に込められているのは、賢治自身が体験してきた苦しみや悲しみと、それを乗り越えた先にある救いと癒し、希望の光ではないでしょうか。

今回の東北地方太平洋沖地震で大被害をこうむった岩手県大槌町大槌北小学校では三月二九日の卒業式で、岩手で生まれ育った賢治の代表作『雨ニモマケズ』が朗読されました。いま、この大震災に見舞われた多くの人に賢治の言葉が希望のメッセージとして伝わり、国内にとどまらず、海外にも広まっています。

多くの苦難を耐え、乗り越えてきた宮澤賢治の生涯を振り返ってみます。

●誕生から幼少時代

宮澤賢治は一八九六（明治二九）年八月二七日、岩手県稗貫郡花巻町大字里川口町（現・花巻市豊沢町）に質屋と古着商を営む宮澤政次郎とその妻イチの長男として生まれました。戸籍上は八月一日となっていますが、賢治の弟・宮澤清六氏はじめ近親者は八月二七日が正しく、場所も母の実家の花巻町鍛冶町に生まれたと伝えています。

先に触れたように、生まれる二か月前の六月一五日に、明治三陸地震が起き、東北地方には大津波による甚大な被害が出ています。その後もこの花巻地方は七月、九月に大風雨が続き、北上川が氾濫して家や田畑が流される大損害を受け、夏でも寒い日が続いて稲が実らず赤痢が蔓延しています。

弟の清六氏によると、母は賢治が生まれて五日後にも大地震が起きたと語っていたそうです。母の話では、賢治が生まれて五日目の朝、ひどい地震が起き、そのへんのものが倒れ家がつぶれるかのようで、母は籠の中の赤ん坊の賢治の上に身を伏せて守ったといいます。

賢治は長男で、二歳のときに妹トシ、五歳のとき次妹シゲ、八歳のとき弟清六、一一歳のとき末妹クニが生まれています。

長男賢治は大切に育てられましたが、七歳のとき赤痢を病み、看病した父も感染して一生の間、胃腸の病に苦しめられました。

父の政次郎は質・古着商を営んでいましたが、貧しい農民から収奪する商売は、後に賢治や清六氏の心に人の世の悲しさといったものを沁み込ませたといいます。

しかし、父は熱心な仏教信者でもあり、信仰において常に研鑽につとめ、講師を招いて講習会を開くほどの熱心さでした。賢治の宗教的な思想の基礎はこの頃に培われ、後に「妙法蓮華経」に触れる重要なきっかけとなったのです。

清六氏によると、兄賢治は幼少時代、陽気に見えたところもありましたが、小さいときから何ともいえないほど哀しいものを持っていたといいます。賢治は家族と食事をするときも、恥ずかしがって恐縮して食べ、なるべく音を立てないように噛んでいたそうです。また、歩くときは前屈みのかっこうをし、人より派手な着物を着たがりませんでした。

父はそんな賢治を「諸国を巡礼して歩いた宿習があって、大人になるまでその癖が取れなかった」と語っていたといいます。

弟の清六氏は後に、

「幼かった頃に、兄や亡くなった姉たちと一緒に、寒いところを長い間苦しみながら、はるかな諸国を巡り歩いたことがあったような気がして仕方がなかった。そして今生でも、同じようなことが起こるような予感と、兄や姉が私どもを置いてそのうちにどこかに急いで飛んでいってしまうのではないかとも思ったものでした。そのような予感がだんだん本当になっていくのは苦しいことでありました」

と『兄、賢治の一生』のなかに記しています。

七歳のとき、花巻川口町立花巻川口尋常高等小学校に入学。小学校での成績は六年間を通して全甲という優秀さでした。小学校二年生の夏に近くの北上川と豊沢川の合流地点で二人の子どもが溺(おぼ)れ、夜になっても探索が続けられる事件がありました。この事件で受けた衝撃は、後に『イギリス海岸』『銀河鉄道の夜』のモチーフとなったと思われます。

三、四年生のときの担任八木英三先生は、教室で『家なき子』などの童話を読み聞かせ、賢治はじめ生徒たちに強い感銘を与えました。後年、賢治は自分の童話の源に、八木先生の話の影響があると感謝しています。

賢治は小学校の頃から鉱物、植物、昆虫などに興味を持ち、鉱物採集、昆虫の標本作りに熱中します。この性質は成長するにつれ強くなっていきました。家族が「石コ賢さん」というあだ名をつけたほどの鉱物好きでした。

童話も好きで、巌谷小波（いわやさざなみ）のおとぎばなしは熱心に読み、また幻燈（げんとう）や活動写真も好きで、よく弟を連れて見に行ったといいます。

●盛岡中学時代

一三歳のとき、賢治は県立盛岡中学校（現・盛岡第一高等学校）に入学。盛岡市の寄宿舎自彊寮（じきょうりょう）に入りました。厳しい父の家から離れ解放感に浸り、自由に林野や山を散策し、自然との交感を通じて詩人、科学者としての目覚めを体験するのはこの頃でした。

中学時代は山登りが好きで、二年生のときに初めて植物採集で岩手山に登ってからは、たびたび一人で登山するようになり、岩手山と山ろく一帯の野山は、鉱物採集や詩作の重要な舞台となったのです。

中学二年の冬、盛岡中学の先輩・石川啄木が歌集『一握(いちあく)の砂』を出版し、その影響もあってか、中学三年頃から短歌を作り始めます。

中学では成績は中または中の上クラスでしたが、よく教師に反発して教科書は読まずに哲学書に読みふけったりしました。

四年生のとき寄宿舎で舎監(しゃかん)排斥運動が起こり、賢治も加わって他の首謀者とともに退寮させられ、盛岡市北山の清養院という寺に下宿します。後に徳玄寺に移り、ここで仏教書を読みふけったり、座禅をしたりしました。

この頃、岩手県下は大凶作で農家は悲惨な状況でした。

賢治は結局、成績も低下し、操行(そうこう)も丙(へい)という評価で盛岡中学を卒業。鼻炎のため岩手病院で手術をした後、発疹チフスの疑いで二か月間入院します。その後は進学できずに、自宅で家業を手伝う鬱々とした日を送っています。この頃、島地大等という人が編集した和訳の「妙法蓮華経」を読み、大変に感激し、生涯この経典を座右の書にしたといいます。

●農林学校時代

一九歳になった賢治は、盛岡市にある盛岡高等農林学校の農芸化学科に首席で入学。今度も寄宿舎自啓寮に入ります。ここでも近郊の山野を歩き回り、鉱物採集に熱中する一方で、仏教講演会でも熱心に法話を聴くなどしています。

農業研究で名高い関豊太郎博士について、地質や土壌の教え、精密な化学実験の指導を受け、賢治は後にひじょうに役立ったと語っています。教授の指導で盛岡付近の土性・地質調査などを熱心に行いました。

二一歳のとき、賢治ら四人が中心となって同人雑誌『アザリア』を発刊し、短歌をさかんにつくって発表しはじめます。

二二歳のとき、農林学校を卒業。この年の夏頃から童話を作り家族に読んで聞かせたりしています。

この年の冬、東京にいた妹トシが肺を病んで入院し、上京して看病にあたります。賢治にとってこの妹トシは最大の理解者であり、大事な存在だったのです。

その後の二年間は家で家業の店を手伝いますが、法華経の道を実行しようという、内に燃えるような宗教への情熱を燃やしていた時代です。

●家出から農学校教諭へ

大正一〇年、二五歳のとき、突然家人に無断で上京。家の宗旨の浄土真宗を改めて法華経に帰依（きえ）することを父に頼むが、聞き入れられなかったためで、東大赤門前の印刷会社で働いたり、国柱会で奉仕活動をするかたわら、猛烈な勢いで童話を書き続けています。

この年、岩手県は大暴風雨で、またしても甚大な被害をこうむっています。

このころ、妹トシは花巻高等女学校の教諭となっていましたが、八月に再び病に倒れ、賢治はあわてて花巻に戻ります。

一一月に稗貫農学校（後の花巻農学校）教諭となり、童話執筆に熱を入れ、花巻高等女学校の音楽教諭と親しみ、ベートーベンやシューベルトの音楽に憑かれたように夢中になったりもします。詩、童話のほか歌もつくりはじめました。

二六歳のとき、賢治の良き理解者であった妹のトシがついに永眠します。賢治は激しい衝撃を受け、押入れの中に頭を突っ込んで号泣したといいます。そしてその悲しみは『永訣の朝』『無声慟哭』などの傑作詩に結晶したのです。

この年も岩手県は、二度にわたり大暴風雨の甚大な被害を受けています。

二七～二八歳のときは詩と童話をさかんにつくり、代表作『春と修羅』が生まれます。

また、農学校の生徒に自作の劇を上演させ、音楽、振り付けなどすべて一人でこなし、学校の講堂で公演して成功をおさめます。詩集『春と修羅』、童話集『注文の多い料理店』が出版されましたが、生前、彼の作品はあまり売れませんでした。

大正一三年、二八歳の年も岩手県下は旱魃に見舞われ、各地で水争いが起き、賢治は連日連夜、水田の用水見回りに奔走（ほんそう）しています。

●羅須地人（らすちじん）協会

大正一五年三月、三〇歳のとき賢治は農学校をやめてしまいます。生徒には農村に帰って立派な農民になれと教えていながら、自分が教師をしているのが心苦しかったからで、農民とともに土を耕そうと考えたからだといいます。賢治は学校を去るとき、「告別」という詩でこう生徒に語りかけます。

「いわなかったが俺は四月にはもう学校にいないのだ。おそらく暗いけわしい道を歩くだろう」

また「生徒諸君に寄せる」という詩では

「この四ヵ年が　わたくしにどんなに楽しかったか　わたくしは　鳥のように教室でうたってくらした　誓っていうが　わたくしは　この仕事で疲れを覚えたことはない」

と語っています。

事実、農学校の教諭時代が賢治にとっては、もっとも楽しく充実した日々のようでした。

花巻郊外の下根子(しもねこ)の地の林の中に妹トシが療養した家があり、賢治は学校をやめると、そこを改造して塾にし、北上川の岸の畑と家の周り、森の中の荒地を耕す暮らしを始めたのです。畑には野菜や草花を植えて町に売りに出たり、農民たちとも親しく交わりました。

家の塾を「羅須地人協会(らすちじんきょうかい)」と名づけて、稲作や農業、科学、芸術の講座を始め、自分で案内状もつくって配りました。農学校の卒業生や農業に熱心な農民たちが集まり、賢治は講義をしたり、楽器で音楽を演奏したりの忙しい日々が始まります。同時に花巻に肥料相談所をつくり、農民たちに一人ずつ田畑に合った肥料設計や稲作指導をして相談にのる仕事を続けました。

この頃も、県下は旱魃、水害が相次ぎ、賢治は肥料設計と指導に奔走します。とくに昭和三年、賢治三二歳のときの大旱魃は四〇日以上に及び、農作物は全滅の危機に陥った（おちい）のです。

清六氏によると、賢治は雨や日照りが続くたび、測候所に問い合わせ、オロオロと心配していたといいます。毎年八月の稲の花が咲く頃になると、空ばかり気にして「困ったなあ。日が出ないかなあ。暑くならないかなあ」といっていた兄の姿が忘れられないと記しています。

後に賢治が「雨ニモマケズ」の詩に書いた「サムサノ夏ハオロオロアルキ」はそのことを詩って（うた）いるのです。

●病と死

その翌年も、翌々年も岩手県を冷害、旱魃、豪雨が襲い、凶作が続きます。賢治はそのたびに稲を心配して雨の中を駆け回ったり、夜もろくに眠らず働きます。一方で、詩や童話も書き続け、上京してセロやオルガンを習うなど無理を続け、昭和三年、三二歳のとき、過労がたたって肋膜炎を発病し、病床に伏せることになったのです。

その後三年も療養を続けて小康状態になった昭和六年、三五歳のとき東北砕石（さいせき）工場の技師として働き始めます。技師といっても、農業会を回って金の工面をしたり、肥料屋や米屋を訪問して注文をとるのが仕事でした。

賢治は病をおして秋田、岩手、宮城など東北地方を注文取りで回り、発熱して床に伏し、治るとまた注文取りに奔走するのでした。

この年の九月、宣伝販売のため無理をおして上京し、ついに神田駿河台（するがだい）の旅館で高熱を発して倒れてしまいます。死を覚悟したことは、このとき両親に遺書を書き残していることとからもわかります。

花巻にもどり、以後は病臥を続けますが、一一月、あの『雨ニモマケズ』の詩を手帳に書き残しました。遺書とこの手帳は、賢治が死んでから、いつも使っていたトランクのふたの裏から出てきたといいます。


この年も岩手県は豪雨、大洪水、冷害に見舞われ凶作が続いています。

それから二年間、賢治はずっと病床にありました。それでも頼まれれば病をおして農民の肥料相談に応じています。

昭和七年、三六歳のとき、これも代表作の一つ『グスコーブドリの伝記』を発表します。『風野又三郎』『銀河鉄道の夜』『セロ弾きのゴーシュ』などの傑作は、病床にあって、最後まで書き加えたり直したり、筆を入れていました。

昭和八年三月三日、昭和三陸地震が発生し、岩手県の沿岸に大津波が襲来し、二三メートルもの高さの波にのまれて約三〇〇〇〇人もの犠牲者が出ました。

賢治の生まれた年と死んだ年の両方に、このような大地震が起きたことは、天災を乗り越えようと懸命に奔走してきた賢治の生涯を、何か暗示しているようにも思えるのです。

この年の九月一七日から一九日の三日間は花巻の氏神さまの祭りの日で、海岸は春に大津波に襲われましたが、稗貫郡は何十年に一度の大豊作となり、町は人出で大賑わいでした。

賢治もうれしかったとみえ、歌をつくります。

方十里　稗貫のみかも稲うれて　み祭り三日　そらはれわたる

病のゆえに　もくちんのいのちなり　みのりに棄てば　うれしからまし

これが絶筆となり（三章扉参照）、九月二一日の午後一時三〇分、豊作となった秋を喜びながら、三七年という短い生涯を閉じたのです。

CHAPTER 4

イーハトーブ

賢治が愛した岩手山と一本桜

岩手やま
いたゞきにして
ましろなる
そらに火花の湧(わ)き散れるかも。

釜石の
夜のそら高み熾熱(しねつ)の
鉱炉にふるふ
鉄液のうた。

［推定大正六年七月二十九日　保阪嘉内宛］

ほしぞらは
しずにめぐるを
わがこゝろ
あやしきものにかこまれて立つ。

はてしらぬ
蒼うなばらのきらめきを
きみかなしまず
行きたまふらん

［推定大正七年三月十四日　成瀬金太郎宛］

このみのり
ひろめん為にきみは今日
　とほき小島に
わたりゆくなり

［推定大正七年三月十四日　成瀬金太郎宛］

はるきたり
みそらにくもらひかるとも
なんぢはひとり
かなしまず行け。

［大正七年四月二十日　保阪嘉内宛］

夜の底に
霧たゞなびき
燐光の
夢のかなたにのぼりし火星

霜枯れし
トマトの気根
しみじみと
うちならびつゝ
冬きたるらし。

青腐れし
　トマトたわわのかれ枝と
　　ひでりあめとのなかなるいのり。

以上の歌全て『新校本　宮澤賢治全集第一巻』一九九五年七月二十五日発行（筑摩書房）より

CHAPTER 5
絆

賢治５歳、妹トシ３歳頃の小正月の
記念写真

チュンセとポーセの手紙（抜粋）

ポーセはチュンセの小さな妹ですが、チュンセはいつもいじ悪ばかりしました。ポーセがせっかく植えて、水をかけた小さな桃(もも)の木になめくじをたけて置いたり、ポーセの靴(くつ)にかぶと虫を飼(か)って、二月もそれをかくして置いたりしました。ある日などはチュンセがくるみの木にのぼって青い実を落としていましたら、ポーセが小さな卵形のあたまをぬれたハンケチで包んで、

「兄さん、くるみちょうだい。」

なんていいながら大へんよろこんで出てきましたのに、チュンセは、

「そら、とってごらん。」

とまるで怒ったような声でいってわざと頭に実を投げつけるようにして泣かせて帰しました。

ところがポーセは、十一月ごろ、にわかに病気になったのです。おっかさんもひどく心配そうでした。チュンセが行って見ますと、ポーセの小さなくちびるはなんだか青くなって、目ばかり大きくあいて、いっぱいに涙をためていました。チュンセは声が出ないのをむりにこらえていいました。

「おいら、なんでもくれてやるぜ。あの銅の歯車だって欲しきゃやるよ。」

けれどもポーセはだまって頭をふりました。息ばかりすうすうきこえました。

チュンセは困ってしばらくもじもじしていましたが思い切ってもう一ぺんいいました。

「雨雪とってきてやろうか。」

「うん。」

ポーセがやっと答えました。チュンセはまるで鉄砲丸のようにおもてに飛び出しました。おもてはうすくらくてみぞれがびちょびちょ降っていました。チュンセは松の木の枝から雨雪両手にいっぱいとってきました。それからポーセの枕もとに行って皿にそれを置き、さじでポーセにたべさせました。ポーセはおいしそうに三さじばかり喰べましたら急にぐたっとなっていきをつかなくなりました。おっかさんがおどろいて泣いてポーセの名を呼びながら一生けんめいゆすぶりましたけれども、ポーセの汗でしめった髪の頭はただゆすぶられた通りうごくだけでした。チュンセはげんこを目にあてて、虎の子どものような声で泣きました。

それから春になってチュンセは学校も六年でさがってしまいました。チュンセはもう働いているのです。春に、くるみの木がみんな青い房のようなものを下げているでしょう。その下にしゃがんで、チュンセはキャベジの床をつくっていました。そしたら土の中から一ぴきのうすい緑いろの小さなかえるがよろよろとはって出てきました。

「かえるなんざ、つぶれちまえ。」

チュンセは大きな稜石でいきなりそれを叩きました。

それからひるすぎ、枯れ草のなかでチュンセがとろとろやすんでいましたら、いつかチュンセはぼおっと黄いろな野原のようなところを歩いて行くようにおもいました。すると向こうにポーセがしもやけのある小さな手で目をこすりながら立っていてぼんやりチュンセにいいました。

「兄さんなぜあたいの青いおべべ裂いたの。」

チュンセはびっくりしてはね起きて一生けんめいそこらをさがしたり考えたりしてみましたがなんにもわからないのです。どなたかポーセを知っているかたはないでしょうか。けれども私にこの手紙をいいつけたひとがいっていました。

「チュンセはポーセをたずねることはむだだ。なぜならどんなこどもでも、また、はたけではたらいているひとでも、汽車の中でりんごをたべているひとでも、また歌う鳥や歌わない鳥、青や黒やのあらゆる魚、あらゆるけものも、あらゆる虫も、みんな、みんな、むかしからのおたがいのきょうだいなのだから。チュンセがもしもポーセをほんとうにかあいそうにおもうなら大きな勇気を出してすべてのいきもののほんとうの幸福をさがさなければいけない。それはナムサダルマプフンダリカサスートラ（南無妙法蓮華経）というものである。チュンセがもし勇気のあるほんとうの男の子ならなぜまっしぐらにそれに向って進まないか。」

それからこのひとはまたいいました。

「チュンセはいいこどもだ。さアおまえはチュンセやポーセやみんなのために、ポーセをたずねる手紙を出すがいい。」

（註）この作品は宮澤賢治全集の中の「手紙四」を「チュンセとポーセの手紙」と題名を変えた。

『新校本　宮澤賢治全集　第十二巻』（筑摩書房）一九九五年十一月二十五日発行より

松の針（抜粋）

おまへがあんなにねつに燃され
あせやいたみでもだえてゐるとき
わたくしは日のてるとこでたのしくはたらいたり
ほかのひとのことをかんがへながら森をあるいてゐた
《ああいい　さつぱりした
まるで林のながさ来たよだ》

鳥のやうに栗鼠(りす)のやうに
おまへは林をしたつてゐた
どんなにわたくしがうらやましかつたらう
ああけふのうちにとほくへさらうとするいもうとよ
ほんたうにおまへはひとりでいかうとするか
わたくしにいつしよに行けとたのんでくれ
泣いてわたくしにさう言つてくれ

「春と修羅」

無声慟哭

こんなにみんなにみまもられながら
おまへはまだここでくるしまなければならないか
ああ巨きな信のちからからことさらにはなれ
また純粋やちいさな徳性のかずをうしなひ
わたくしが青ぐらい修羅をあるいてゐるとき
おまへはじぶんにさだめられたみちを
ひとりさびしく往かうとするか
信仰を一つにするたつたひとりのみちづれのわたくしが

あかるくつめたい精進(しやうじん)のみちからかなしくつかれてゐて
毒草や蛍光菌のくらい野原をただよふとき
おまへはひとりどこへ行かうとするのだ
（おら、おかないふうしてらべ）
何といふあきらめたやうな悲痛なわらひやうをしながら
またわたくしのどんなちいさな表情も
けつして見遁さないやうにしながら
おまへはけなげに母に訊(き)くのだ
（うんにや　ずゐぶん立派だぢやい

（けふはほんとに立派だぢやい）
ほんたうにさうだ
髪だつていつさうくろいし
まるでこどもの苹果(りんご)の頬だ
どうかきれいな頬をして
あたらしく天にうまれてくれ
（それでもからだくさえがべ？）
（うんにや　いつかう）
ほんたうにそんなことはない

かへつてここはなつののはらの
ちいさな白い花の匂でいつぱいだから
ただわたくしはそれをいま言へないのだ
　(わたくしは修羅をあるいてゐるのだから)
わたくしのかなしさうな眼をしてゐるのは
わたくしのふたつのこころをみつめてゐるためだ
ああそんなに
かなしく眼をそらしてはいけない

「春と修羅」

白い鳥（抜粋）

二疋(にひき)の大きな白い鳥が
鋭くかな〔しく〕啼きかはしながら
しめつた朝の日光を飛んでゐる
それはわたくしのいもうとだ
死んだわたくしのいもうとだ
兄が来たのであんなにかなしく啼いてゐる
どうしてそれらの鳥は二羽

そんなにかなしくきこえるか
それはじぶんにすくふちからをうしなつたとき
わたくしのいもうとをもうしなつた
そのかなしみによるのだが

（ゆふべは柏ばやしの月あかりのなか
けさはすずらんの花のむらがりのなかで
なんべんわたくしはその名を呼び
またたれともわからない声が
人のない野原のはてからこたへてきて

わたくしを嘲笑したことか）

「春と修羅」

以上の詩は全て『新校本　宮澤賢治全集　第二巻』（筑摩書房）一九九五年七月二十五日発行より

CHAPTER 6

希望

花巻郊外につくった羅須地人協会

序（抜粋）

わたくしといふ現象は
仮定された有機交流電燈の
ひとつの青い照明です
（あらゆる透明な幽霊の複合体）
風景やみんなといつしよに
せはしくせはしく明滅しながら
いかにもたしかにともりつづける

因果交流電燈の
ひとつの青い照明です
（ひかりはたもち、その電燈は失はれ）

「春と修羅」

〔あすこの田はねえ〕（抜粋）

これからの本統の勉強はねえ
テニスをしながら商売の先生から
義理で教はることでないんだ
きみのやうにさ
吹雪やわづかの仕事のひまで
泣きながら
からだに刻んで行く勉強が

まもなくぐんぐん強い芽を噴いて
どこまでのびるかわからない
それがこれからのあたらしい学問のはじまりなんだ
……雲からも風からも
透明な力が
そのこどもに
うつれ……

「春と修羅」第三集

休息

そのきらびやかな空間の
上部にはきんぽうげが咲き
（上等のbutter-cup(バッタカップ)ですが
牛酪(バター)よりは硫黄と蜜とです）
下にはつめくさや芹がある
ぶりき細工のとんぼが飛び
雨はぱちぱち〔鳴〕つてゐる

（よしきりはなく　なく
　それにぐみの木だつてあるのだ）
からだを草に投げだせば
雲には白いとこも黒いとこもあつて
みんなぎらぎら湧いてゐる
帽子をとつて投げつければ黒いきのこしやつぽ
ふんぞりかへればあたまはど〔て〕の向ふに行く
あくびをすれば
そらにも悪魔がでて来てひかる

このかれくさはやはらかだ
もう極上のクッションだ
雲はみんなむしられて
青ぞらは巨きな網の目になつた
それが底びかりする鉱物板だ
よしきりはひつきりなしにやり
ひでりはパチパチ降つてくる

「春と修羅」

僚友

わたくしがかってあなたがたと
この方室に卓を並べてゐましたころ、
たとへば今日のやうな明るくしづかなひるすぎに
……窓にはゆらぐアカシヤの枝……
ちがった思想やちがったなりで
誰かゞ訪ねて来ましたときは
わたくしどもはたゞ何げなく眼をも見合せ

またあるかなし何ともしらず表情し合ひもしたのでしたが
……崩れてひかる夏の雲……
今日わたくしが疲れて弱く
荒れた耕地やけはしいみんなの瞳を避けて
おろかにもまたおろかにも
昨日の安易な住所を慕ひ、
この方室にたどって来れば、
まことにあなたがたのことばやおももちは
あなたがたにあるその十倍の強さになって

……風も燃え……

わたくしの胸をうつのです

……風も燃え　禾草も燃える……

「春と修羅」第三集

雲の信号

あゝいゝな、せいせいするな
風が吹くし
農具はぴかぴか光つてゐるし
山はぼんやり
岩頸（〔が〕んけい）だつて岩鐘（がんしやう）だつて
みんな時間のないころのゆめをみてゐるのだ

そのとき雲の信号は
もう青白い春の
禁慾のそら高く掲(かゝ)げられてゐた
山はぼんやり
きつと四本杉には
今夜は雁もおりてくる

「春と修羅」

「告別」（抜粋）

云はなかったが、
おれは四月はもう学校に居ないのだ
恐らく暗くけはしいみちをあるくだらう
そのあとでおまへのいまのちからがにぶり
きれいな音の正しい調子とその明るさを失って
ふたたび回復できないならば
おれはおまへをもう見ない

なぜならおれは
すこしぐらゐの仕事ができて
そいつに腰をかけてるやうな
そんな多数をいちばんいやにおもふのだ
もしもおまへが
よくきいてくれ
ひとりのやさしい娘をおもふやうになるそのとき
おまへに無数の影と光の像があらはれる
おまへはそれを音にするのだ

みんなが町で暮したり
一日あそんでゐるときに
おまへはひとりであの石原の草を刈る
そのさびしさでおまへは音をつくるのだ
多くの〔侮〕辱や窮乏の
それらを噛んで歌ふのだ
もしも楽器がなかったら
いゝかおまへはおれの弟子なのだ
ちからのかぎり

そらいっぱいの
光でできたパイプオルガンを弾くがいゝ

「春と修羅」第二集

以上の詩は全て『新校本　宮澤賢治全集　第二～四巻』（筑摩書房）より

CHAPTER 7
再生

現在の北上川と岩手山。提供／盛岡市観光課

グスコーブドリの伝記（抜粋）

グスコーブドリはイーハトーヴという北の方の県の大きな森の中に生れました。お父さんはグスコンナドリというイーハトーヴの名高い木樵(きこ)りで、百尺もあるような巨(おお)きな樹でもまるで赤ん坊でもねかしつけるようにそうっと伐(か)ってしまうという人でした。

ブドリにはネリという妹がありました。（略）

＊

そしてブドリが十二になりネリが九つになったのでした。ところがどうしたわけですかその年はお日さまが春から変に白くぼんやりして、いつもなら雪がとけるとすぐまっしろな鳩のような花をいっぱいにつけるマグノリアという樹も蕾(つぼみ)がちょっと膨れただけ、五月になってもたびたび霰(あられ)が降り、柿や栗の木も新らしい芽を出してもしばらく黄いろですこしものびませんでした。野原の方ではいろいろな噂がありました。ある人はこれは地震のしらせだといいある人は今年はもう穀物は一つぶもとれないだろうといいました。（略）

＊

そしてそのまま夏になりますといよいよ大へんなことになりました。それは夏になっても一向暑さが来ないために去年播いた麦もまるで短くて粒の入らない白い穂しかできず、大抵の果物も花が咲いただけで小さな青い実が粒のまま落ちてしまいました。秋になっても栗の木は青いからのいがばかりでしたしみんなでふんだんにたべるいちばん大切なオリザという穀物が一つぶもできませんでしたので野原ではずいぶんひどいさわぎになってしまいました。（略）

＊

春が来たころはもうお父さんもお母さんもまるでひどい病気のようなようすでした。ある日お父さんはじっと頭をかかへていつまでもいつまでも考えていましたが俄に起きあがって

「おれは森へ行って何かさがして来るぞ。」と云いながら、よろよろ家を出て行きましたが、まっくらになってても帰ってきませんでした。つめたい風が森でごうごう吹き出したとき二人はお母さんにお父さんはどうしたろうときいてもお母さんはだまって二人の顔を見ているばかりでした。夜があけてブドリがお父さんをたずねに行こうと云ってもお母さんはやっぱり黙って座ってしげしげと二人の顔を見ているばかりでした。

晩方になって森がもう黒く見えるころお母さんはにわかに立って炉に榾をたくさんくべて家じゅうすっかり明るくしました。それからわたしはこれからお父さんをさがしに行ってくるからお前たちはうちに居てあの戸棚にある粉を二人ですこしずつたべなさいと云ってやっぱりよろよろ家を出て行きました。二人は何だか大へんかなしくなって泣いてあと

から追って行きますとお母さんはふり向いて「何たらいうことをきかない児だ。」と叱るように云いました。そしてまるでつまずくように足早に森の中へはいってしまってました。

（略）

＊

このようにして二十日ばかりぼんやり過ぎましたらある日戸口から

「今日は誰か居るかね。私はこの地方の飢饉を救(たす)けに来たものだ。さあ何でも喰べなさい。」云いながら一人の目の鋭いせいの高い男が入って来て大きな籠の中から円い餅(もち)をぽんと投げ出しました。

二人はしばらく呆れたようにしてそれを見ていましたら

「さあたべるんだたべるんだ。」とその男が云いました。二人はそこでなんだかこわいようでしたしうそのようでしたが手にとってたべはじめました。（略）

ブドリもネリもまだ何のことだかわからないでいるうちに男はぷいっとネリを抱きあげてさっきの餅の入った籠の中へ入れてそのままなかへしょうと、「おおほいほい。おおほいほい。」と云いながら俄かに風のように家を出て行きました。きょろきょろしていたネリが戸口を出てからはじめてわっと泣き出しブドリが

「どろぼうどろぼう」と泣きながら叫んで追いかけましたが男はもう森の横を通ってずうっと向うの緑いろの草原を走って行くのがちらちら見えネリの泣き声がまるでかすかにふるえているのがやっと聞えるだけでした。ブドリは泣いてどなって追いかけて行きましたがとうとう疲れてばったり倒れてしまいました。（略）

＊　　　　　　　　　　＊

それからいくら時間がたったかわかりませんでしたがブドリは眼をひらきました。

そらはきれいに晴れて日がかれ草にほかほか照っていました。するとブドリの頭の上でいやに平べったい声がしました。

「おい。子供。やっと目がさめたな。まだお前は飢饉のつもりかい。すこしおれに手伝わないか。」

見るとそれは肥った外套にシャツを着た男でした。巻煙草を右手にもって口へあてていました。

「おじさん。もう飢饉は過ぎたの。手伝いって何を手伝うの。」

「張掛けさ。」

「ここへ網を掛けるの。」

「掛けるのさ。」

「網をかけて何にするの。」

「てぐすを飼うのさ。」(略)

*

男は外套のポケットから小さく畳んだ洋傘の骨のようなものを出しました。

「いいか。こいつを延ばすとはしごになるんだ。いいか。そら。」

男はだんだんそれを引き延ばしました。間もなく長さ十米ばかりの細い細い絹糸でこさえたようなはしごが出来あがりました。

「いいかい。こいつをね。あの栗の木に掛けるんだ。ああ云う工合にね。」男はさっきの二人の男を指さしました。二人は相かわらず見えない網や糸をまっさおな空に投げたり引いたりしています。(略)

*

「よし、なかなか上手になった。さあまりは沢山あるぞ。なまけるな。この森じゅうの栗の木に片っぱしからなげるんだ。」

男は向うへ行きました。ブドリはまた栗の木へ二つばかりまりを投げましたがどうしてもつかれてだめでしたのでもう家へ帰ろうと思ってそっちへ行きました。すると愕いたことには家にはいつの間にか細い赤いえんとつがついて戸口もまるで変っていました。

そして中からさっきの男が出て来ました。

「さあこども、たべものをもってきてやったぞ。これを食べて暗くならないうちにもう少し稼ぐんだ。」

「ぼくはもういやだよ。うちへ帰るよ。」「うちってあすこか。あすこはおまへのうちじゃない。何でももうてぐす工場だよ。あの家から何からおれは買ってあるんだからな。おまへはここで稼ぐより仕方ないんだ。」

ブドリは泣き出しそうになりましたが、俄かによしっというような考になって「そんならいいよ。稼ぐよ。」と云いながらその男の持ってきたパンをむしゃむしゃたべてまたまりを十ばかり投げました。

その晩ブドリは昔のじぶんのうちいまはてぐす工場になっている家の隅に小さくなってねむりました。（略）

*

次の朝早くからブドリは森へ出て昨日のようにはたらきました。そのうちに栗の木はだんだん芽を出してきました。

そしてまもなく葉がだんだん大きくなるようになりますと栗の梢（こずえ）には何か小さなけむしの児のようなものがいっぱいにできました。栗の葉がだんだん大きくなり月光いろの花をつけるようになりますとその虫もちょうど栗の花のような形になりました。そして間もなく大きな黄いろな繭（まゆ）をあの細い網にかけました。すると男は狂気のようになってみんなを使ってその網を引っぱらせて繭を集めさせました。そしてその繭を片っぱしから鍋に入れて煮て糸をとりました。その八月の末にはその繭からとった太い黄いろな糸が小屋ぎっしりできました。（略）

*

そしてその年の秋と冬は過ぎて次の春になりますと亦(また)あの男が六七人の人たちを連れてやって来ました。その中には去年知った人も二人居りました。そして次の日からすっかり去年のような忙しい仕事がはじまりました。そしてそれも大抵できたころある日ブドリは森の樹の上でふと野原の方を見ましたらふしぎなことには野原は灰いろと桃いろと緑と三いろのトランプの札のようなものでいっぱいになっていました。どういうわけだろうと思ってまたぼんやりしていますと俄かに遠くで何か瓶などの壊れるような音がしました。それから何か灰のようなものがしばらくばしゃばしゃ降って来て木の枝は少うし白くなりました。すると間もなくあの男が大へんあわててやって来ました。

「おいもうだめだ下りろ、今年はもう大失敗だよ。灰で虫がみんなやられたんだ。おいブドリ。お前もここに居たかったら居てもいいがこんどはたべ物は何んにもないぞ。お前も野原へ出て何か稼ぐ方がいいぜ。」

そう云ったかと思うともうどんどん走って行ってしまってブドリが樹を降りて工場へ行って見たときはもう誰も居りませんでした。そこでブドリはさっきの桃いろと緑と灰いろのものが何か明日行って見ようと思いました。（略）

＊

ブドリはぼんやり森を出てだんだんその野原の方へあるいて来ました。こっちにもやはり灰は降ったようでしたが見た眼には別に変りもありませんでした。あの森の高い木の上で見た美しい桃いろや緑や灰いろのカードはだんだん眼の前に大きくなってとうとう一枚一枚がまわりに細いどてをきずいた長方形の圃（はたけ）になりました。いよいよそばへ寄って見るとその桃いろなのにはいちめんにせいの低いむっとする様な匂の花がいっぱいに咲いていて黒い蜜蜂がいそがしく花から花をわたってあるいていましたし緑いろなのには小さな槍のような穂を出したみじかい草がいっぱいに生えてみんな風にゆれていました。ただあの森の木の上から灰いろに見えたのは今日はもう灰色ではなくて晴れたそらを映し水がいちめんに湛えているのでした。そしてその水の中を一人がくつわにつけた竹をとって馬を引き一人はうしろから馬にひかせた何か大きな櫛（くし）のようなものを両手で泥に押しつけながらぐるぐるまわっているのでした。（略）

*

「おれも今年は大山師を張るときめた。」

「ほう、どういうしかけだ。」

ブドリはうしろを向いて見ますとぼろぼろの浅黄いろの麻のきものを着てはだしな鬚（ひげ）の赤い人が白い笠をかぶったせいの高い藁（わら）のくつをはいた人に勢込んで談（はな）していました。けれどもその談しは何のことか少しもわかりませんでした。

「どういうしかけって花こをみんな埋めてさ、それから豆粕（まめかす）を二枚入れて、それから鶏の糞を三駄入れてそれから十本ずつ一米へ六ならべにしてそれからどっぷり深水十日掛けて置くのさ。」

「おれはそういうことは不賛成だ。そういうことをして置いて、去年のような寒さでも来たら一粒だって実はなるもんでないからな。」

「なあに今年は二年分暑いさ。とにかく植え付けまであと十日だから急がしいのなんのって。」

ブドリは思わずそっちの方へ一足あるいて寄りました。

「こう忙がしくなれば豌豆（えんどう）の蔓（つる）でもいいから手伝いに頼みたい位だな。」

ブドリは思い切っておじぎをして云いました。

「そんならどうかぼくをつかってください。」

すると赭ひげはぎょっとしたように顔をあげてあごに手をあててしばらくブドリを見ていましたが
「お前水へ入って稼いだことあるか。」と聞きました。

「ああ、ぼく、一日じゅう沢で蟹とりもしたことが何べんもあるよ。」

すると二人いっしょにそらを向いてわらい出しましたがさっきの笠をかぶった方が教えるように云いました。

「馬引っぱって毎日泥へ入っているのと沢で石を起こして蟹捕ってあそぶのとはちがうよ。」

「馬だって何だってひっぱるよ。ぼくはどこへも行くとこがないんだから。」（略）

*

「さあいいか、その竹をもってこの沼ばたけじゅうすこしも落ちのないようにぐるぐると廻るんだ。いいか。ほい。しゅう。」すると馬は首を垂れたままだまってばしゃばしゃ水をわたり出しました。ブドリは竹をもって馬について行きました。（略）

*

ブドリは泥の中を一生けん命まわりました。馬はたびたびしゃっと泥水をはねあげてブドリの顔や手へ打ちつけました。（略）

*

このようにして毎日毎日は過ぎて行き結局三十枚の沼ばたけをすっかりどろどろに掻き

廻してしまいますとはじめへ戻ってまた前のように掻き廻しはじめました。そのころは近処のどのはたけもみんな一様に水をかぶった泥になっていてもう桃いろのも緑青いろのも一枚もありませんでした。（略）

＊

「さあブドリ、これからのお前の仕事は楽だぞ。いいかこの苗を籠に入れてあっちの沼ばたけに持って行くんだ。けれども大急ぎで帰ってくるんだぞ。」（略）

＊

向うの沼ばたけへ着いてみるとそこにはもう沢山の人たちが列になって屈んであとずさりしながら一生けん命いままでブドリの馬をひっぱってこしらえた泥の上に苗を植えていました。（略）

こういう仕事をそれから丁度三日やりますとブドリのところの沼田はもうすっかり植りました。するとその次の日はすこしはなれたほかの沼ばたけへ行きました。そこでも仕事はすっかり同じでした。そこを二日で済ますとその次の日はまた外の沼へ行きました。おしまいはもうどこがどこだかわからずただもうみんなの行く通り云いつけられる通り働いて歩いてちょうど一月ばかりたちますとその辺の沼ばたけはもうすっかり苗が植ってしまい早く植えたブドリのところではもう苗が大きくまっ青になって風にふさふさゆれていました。（略）

＊

四日ばかりで主人の田が済んでこんどはほかへ行ってそれから一週間ばかりたちますと

葉はもうまるで濃い緑色になって風が吹くとひらひらする位になりました。十五日ばかりあるいた后ある朝また主人は今日もほかへ行く途中ブドリをつれてじぶんの沼ばたけへまわって見ました。するとその小さな土手に立って主人が俄かにあっというように叫んで棒立ちになってしまいました。

どうしたのかと思ってブドリは主人の顔を見ますと主人は唇のいろまでまるで水いろになってぼんやりまっすぐを見たまま立っていました。

ブドリはあわてて「どうかしたのですか。」とききました。するとと主人はだまって前のオリザの株を指しました。見るといつか草にはぼんやり茶いろのけむりのようなものがいちめんかかっていてあるものは赤い点々になっていたのです。

ブドリは何のことかわからず立っていました。すると主人が云いました。

「病気が出たんだ。もういままでの骨折りはすっかりだめなんだ。」

ブドリは何のことかさっぱりわかりませんでした。ところが主人はだまって沼ばたけを出て家の方へ帰って行くのでブドリもついて行きますと主人はやっぱりだまって家の中へ入って頭へぬれた巾をのせて板の間に寝てしまいました。（略）

＊

次の朝主人はうちじゅうみんなをつれて沼ばたけへ出て行ってすっかり水の落ちた沼の上を歩いて片っぱしからオリザの株を刈りはじめました。そして刈ったあとへは片っぱしから蕎麦（そば）の種子を落して土をかけて歩きました。間もなくそばは芽を出しました。そしてほかの沼ばたけではオリザがいちめん水いろの穂を出したこっちでは根もとのうす赤いそばがうねになってきれいにならびまっ白な花が咲いてちょうど春の桃いろの花のときのように蜜蜂がぶんぶんとびまわりました。

次の春になりますと主人が云いました。

「ブドリ今年は沼ばたけは去年より三分の一へらしたからな。仕事は去年より楽だぞ。その代りおれはどうも字が読めないでな。おれも読みたくて、いままで何十冊も買ったんだが、買ってみると読めなくてな。おまえいくらか読めるようだから一生けん命オリザの作り方だのこやしのことだの勉強してくれな。」

しめたとブドリは思いました。

それからブドリはひるやすみにも夜も一生けん命本を読みわからないところはあのこどもにききました。そしてブドリは本で病気をふせぐには黒土を樹の葉でむし焼きにしたものを入れるといいということを見て主人に云いましたら主人は大へんほめてそれから十日ばかりかかって黒土のむし焼こさえてみんな田にちらばしました。（略）

＊

ところがその次の年はちょうどオリザを植え付けるころから雨がまるで降らず毎日そらはまっ青で風は乾いていましたのでどこの沼ばたけもまるで泥がかさかさに乾いてしまい

だんだんひびも大きくなってきました。ブドリたちは一生けん命上流の方から水を引いて来ようとしましたがどこのせきにも水は一滴もありませんでした。主人もまるで幾晩も睡らないで水を引こうとしていましたがやはりだめでした。その年も仕方なくブドリの主人は馬を売ってみんなに勘定をきめずうっと遅れてやはりそばを播きました。

次の年の春主人はブドリに云いました。

「今年は馬も鶏もなくなったので沼ばたけには入れるこやしがなくなってしまった。お前本よんで何か工夫つかないか。」

「そんなら今年は去年のこやしも残っているんだから木灰(きばい)だけ入れましょう。」主人はよろこんでその年は灰だけ入れて作をしました。それでもその秋はどうやら実もとれたのでしたが次の年の春主人の沼ばたけはもう去年の半分になっていました。ある日主人はブドリを呼んで云いました。

「ブドリ、おれももとはイーハトーヴの大百姓だったしずいぶん一生けん命稼いでも来たのだがたびたびの寒さだの病気だの旱魃だののためにいつの間にかもう沼ばたけも昔の三分一になってしまってせっかくお前にはたらいて貰ってもいつになって礼をするということもできそうもなくなってしまった。それで何とも済まないけれどもお前はまだほんとうに若いんだし何でももう一人前にできるんだからこれを持ってどこへでも行って運を見つけてくれ。」といって一ふくろのお金とだぶだぶの縞の上衣と新らしい赤革の靴とをくれました。ブドリはいままでの仕事のひどかったことも忘れて俄かにここをはなれることが悲しくなりましたがもう居てもみんなで働くくらい仕事がないので何べんも何べんも礼を云って六年の間はたらいた沼ばたけと主人の家をあとへイーハトーヴの町へ出て見ようと考えました。（略）

*

ブドリは赤鬚の主人から貰っただぶだぶの上着と赤革の靴をはいて一番近い停車場へ来

ました。

それからイーハトーヴの市までの切符を人に教えられて買ってイーハトーヴ行きの汽車に乗りました。

まもなく汽車は走り出してちょうどこの前野原へ出てきたときと同じように桃いろや緑や灰いろをしたたくさんの沼ばたけをどんどんどんどんうしろの方へ送ってしまってもう一散に走りました。その向うにはあの昔ブドリのなつかしい家があって妹のネリとも遊んだような黒いいいろの森が次から次と形を変えてやっぱりうしろの方へ行くのでした。

ブドリはぼんやりそれを見送っていますとうしろから誰か肩を叩くものがありました。振り返って見るとそれはきちんとカラとネクタイをはめたせいの高い立派な紳士で「や、この前は大へんお世話になったね」と云うのです。ブドリはまるでどぎまぎしていますと紳士はすぐ前へ来てこしかけて足を組んでたばこを一本出してくわいながら「どうだい。あすこの尾根みちはうまくついたかい。」と云いました。ブドリは尾根みちって何だろうと思っていよいようろたえてしまいました。

するとと紳士ははじめて気がついたようにけげんそうにブドリの顔を見ていましたが
「なんだ、きみはヒームキアのネネムではないのか。」と云いました。

「ええぼくはブドリというんです。」ブドリはびくびくしながら答えました。

「ブドリ？　奇体な名だねえ。わたしはきみを山案内人のネネムと間ちがえたんだ。うしろかたちがあんまりそっくりだったもんだからね。それできみは仕事は何だ。」

「ぼくはイーハトーヴの市へ勉強するか仕事を見附けるかに行くんです。」（略）

＊

「おまえはなかなかいいところがある。おまえが行くのにちょうどいい学校を教えてやろうか。」（略）

＊

「フウフィーボー大博士がやっている。たった一人でやっている。卒業はたった九時間で毎日試験がある。それで遊んでばかりいるものは三千回でも落第するんだ。あんまり及第する人が少いのでフウフィーボー博士はこのごろどうも機嫌が悪いそうだ。」

「何を教えるんですか。」

「つまり学校へはいらないで勉強するしかたを教えるんだ。」

ブドリは思わず両手をうちました。（略）

＊

「今日は。」ブドリはあらん限り高く叫びました。

するとすぐ頭の上の二階の窓から細長い小さな灰いろの頭が出てめがねが二つぎらりと

光りました。そして

「今授業中だよ。やかましいやつだ。用があるならはいってこい。」とどなりつけ、二階はしいんとしてしまいました。

ブドリはそこで思い切ってなるべく足音をたてないように二階にあがって行きますと階段のつき当りの扉があいていていてじつに大きな教室がブドリのまっ正面にあらわれました。中にはさまざまの形をした学生がぎっしりです。向うは大きく崖くらいある黒い壁になっていてそこにたくさんの白い線が引いてありさっきのせいの高い眼がねをかけた人が大きな声で講義をやって居りました。(略)

＊

ぐんぐん試験がすんでいよいよブドリ一人になりました。ブドリが小さな手帳を出したときフウフィーボー大博士は大きなあくびをやりながら、屈んで眼をぐっと手帳につける

ようにしましたので手帳はあぶなく大博士に吸ひ込まれそうになりました。ところが大博士はうまそうにこくっと一つ息をして
「よろしい。この図は大へんよくできている。こうわしの考通りに書いたのは今までになかった。では問題を答えなさい。煙突から出るけむりにはどんな色のものがあるのかね。」

ブドリは面白くて顔をぱっとしながら答えました。

「黒褐色がいちばん普通です。しかしはじめ白くてあとで黒くなるものもあります。はじめから白いのもあります。しかしまったくの白よりは青じろいものが多いようです。もちろん青はあります。茶と黄もあります。無色もあります。」

大博士はわらいました。(略)

*

大博士はパチパチと手を叩きました。

「じつによろしい。きみはどういう仕事をしているのか。」

「仕事を見附けに来たんです。」

「どんな仕事がすきか。」「どんな仕事でもいいんです。とにかくほんとうに役に立つ仕事なら命も何もいりませんから働きたいんです。」大博士はうなずきました。

「面白い仕事がある。名刺をあげるからそこへすぐ行きなさい。」博士はいきなりチョークをとってブドリの胸に何か書きつけました。ブドリはおじぎをして戸を出て行こうとしますと大博士は、ちょっと眼で答えて
「もうパンを焼いたかな。」と低くつぶやきながらテーブルの上にあった革の鞄に白墨のかけらやはんけちや本やみんな一緒に投げ込んで小脇にかかへ、さっき頭を出した窓からプイッと外へ飛び出しました。びっくりしてブドリが窓へかけよって見ますといつか大博士は玩具のような小さな飛行船に乗ってハンドルを自分でとりながらもううす青いもやのこめた町の上をまっすぐに飛んで行くのでした。（略）

ブドリはもう誰も居ないがらんとした廊下を通っておもてへ出てじぶんの胸に書いてある番地を指さしてどっちへ行ったらいいかききました。

＊

するとその人は「ああ火山管理局ですか。このみちをまっすぐに行きますと大きな川がありますからそれを渡ってすぐ右へ二丁ばかり行きますと房のような形のした高い柱が見えます。そこです。すぐわかります。」とまるでさっきとはちがって親切に教えてくれました。ブドリは云われた通り夕方の忙がしそうなまちを通ってそこへ行って見ました。それは大きな茶いろの建物で門には「イーハトーヴ火山管理局」と看板が出ていました。（略）

＊

「ああきみがグスコブドリ君ですか。さっきフウフィーボー大博士からお電話があったので待って居りました。お入りなさい。」その年老った人はやはり馬鹿にした風でもなく叮ねいにそう云いました。（略）

＊

それからブドリはその年老った人についてつき当りの大きな室に入りました。そこには今までに見たこともない大きなテーブルと立派な椅子がありました。

愕いたのはその室の右手の壁いっぱいにイーハトーヴ全体の地図が美しく色どった巨きな模型になってこしらえてあって鉄道も市も川も野原も山もみんな一日でわかるようになって居りそのまん中をはしるせぼねのような山脈とそこから枝を出してのびてとうとう海の中で点々の島をつくっている一列の山山にはみんな赤や橙や黄のあかりがついていてそのあかりが代る代る色が変わったりジーと鳴ったり数字が現われたり消えたりしています

とその下のテーブルにはたくさんの細い紙がみんな二本のロールに巻かれてしずかに回転しますと針がその上に黒い線を書いているのでした。

ブドリはわれを忘れてそれを見とれていますとうしろでさっきの年老った人がしずかに笑いながら云いました。（略）

＊

「私はもう火山の仕事は四十年もして居りましてまあイーハトーヴ一番の火山学者とか何とか云われて居りますがいつ爆発するかどっちへ爆発するかということになるとそんなにはきはき云えないのです。そこでこれからの仕事はあなたは直観で私は学問と経験で、あなたは命をかけて、わたくしは命を大事にして共にこのイーハトーヴのためにはたらくものなのです。」

ブドリは喜んではね上りました。

「ああ私はいま爆発する火山の上に立っていたらそれがいつ爆発するかどっちへ爆発するかそれはきっとわかります。そしてそれがみんなの役に立つというなら何という愉快なことでしょう。どうかこれから教えて私を使ってください。どんなことでもしますから。」

（略）

＊

次の朝ブドリはペンネン老技師につれられて局長の室へ行きました。局長はもう髪がまっ白でした。ペンネン技師がブドリの名前を云ってブドリにおじぎをさせました。すると局長が

「きみがグスコブドリか。きみの仕事はなかなか重い。一つ間違えば人が何十年もかかって苦心してこしらえた牧場でも沼ばたけでも林でもみんな一ぺんに灰の下にしてしまう。たくさんの人や家畜の命にもかかわる。しっかりやってくれ給え。いまここでは噴火をみ

んな海へ向ける工夫をしているのであるから、きみもせっかくペンネン技師に教わって勉強するように。」

ブドリはただ「はっ」と云ったきり頭を下げました。あんまりそうだと思ったので口がきけなかったのです。すると局長は「では」と云いながら一枚の白い紙を渡しました。見ると　グスコブドリ、イーハトーヴ火山局助手心得を命ず　と書いてありました。ブドリはしばらくぼんやりしてそれから何か眼が熱くなって泣き出しそうになりました。（略）

＊

それから一ヶ月の間にブドリはあらゆる機械の見方から計算の仕様をすっかり教わってあちこちの火山の噴火の予報を出したりいろいろしました。それからほかの人たちといっしょにあちこちの火山へ機械を据え付けに出されたり据え付けてある機械の悪くなったのを修繕にやられたり教わった通り根限りに働きながらいつか五年を過ましたのでもうブド

リにはイーハトーヴ中の三百幾つの火山とその動き工合はまるで掌の中にあるようにわかるようになりました。（略）

＊

「ブドリ君、あしたわれわれはこの海岸にあるサンムトリに行かなければなるまいよ。」

「はい今朝から俄に機械に働きだして居ります。」

「そうだ。どうも爆発が近いらしい。それももう二ヶ月ぐらいのうちでないかと思うんだ。これに大きなことをやられるとここにあるサンムトリの市は全滅するしこの辺のはたけは全部だめになるのだ。今のうちに手術してガスを抜くか鎔岩（ようがん）を出させるかしないと危いと思うんだ。見給えもうサンムトリを中心とする小さな地震はこの一ヶ月のうちに七十回も超えている。来年は千回にもなるに違いない。そして内部のガスの圧力は三億気圧になっているし山の脚の膨らみはこの一ヶ月に今までの十年分を増している。ところがこの山のうちでいちばん弱いところは却ってサンムトリの市に寄った方なんだ。今度爆発すれば多分山は三分の一サンムトリの側をはねとばして牛や卓子ぐらいの岩は熱い灰や瓦斯といっしょにどしどしサンムトリ市に落ちてくる。

そこで今のうちにこの海に向いた方のここのところにボーリングを入れて傷口をこしらえて置かなければならない。でわれわれはあした一番でこの山を見に行こうと思う。きみは今日中にこっちの仕事をすっかり整理してあずける処は助手にあずけて置いて呉れ給え。」

ブドリはよろこんではね上りました。いよいよこれから火山を手術するのだ、面白い面白いと思うその晩は一晩仕事を片附けたり調べものをしたりしてまんじりともせず過ごしてしまいました。（略）

＊

「この山は爆発までもう十日もありそうでない。この地震の形を見給え。明日か明後日のうちに工作をしてしまわないと取り返しがつかないことになる。私はこの山の海に向いた方ではあすこが一番弱いと思う。」老技師は指で山腹を指しました。（略）

＊

「局からすぐ工作隊を出すそうだ。工作隊といっても決死隊だ。私はいままでにこんな危急に迫った仕事をした事がない。」

「明日までにできるでしょうか。」ブドリがききました。

「きっとできる。明後日までにボーリングの装置さえしてしまえばあとはサンムトリ市の郊外から電流で機械を働かせるのだ。」

「それで爆発に間に合うのでしょうか。」

「やっと間に合うだろう。溶岩はもうあすこの地表から三十尺ぐらいの所までも来ているのだ。おしまいは天気が一つ変って気圧が低くなっただけで爆発もする位なんだから。」

足もとはまたごろごろと鳴り小屋はうしろでまたしばらく軋みました。（略）

＊

「先生、私はフーボー大博士に何の仕事を望むかときかれたときほんとうになければならない仕事なら命を投げ出してもやりたいと云ったのです。観測は先生に教わった通りきっとやりますからどうか先生はサンムトリの市までお引き上げねがいます。」老技師は次の機械にうつりながらわらいました。（略）

＊

ふと窓の左のはじ青じろい夕方の雲のこっちへまるで小さな玩具のような飛行船があらわれました。それはぐるうっと山に添ってカーヴしてだんだん観測の小屋の方へ廻ってくるらしいのでした。一人の男がじぶんでかじをとって乗って居りました。

「あ、フーボー大博士だ。」ブドリは叫びました。

「そうだ」老技師もぱっと顔いろを熱らせました。

玩具の飛行船は見る見る大きくなってそれから速力をゆるめました。しらずしらず二人が外へ飛び出したときそれはもう小屋の前の焼石へぴたりととまって居りました。中から灰いろの服を着たせいの高いフウボー大博士がひらりと飛び下りてそこの巨きな岩のさけ目へかぎの様なものを引っかけてそれから手早くねじをしめました。(略)

＊

「そんなに今にもやりそうかい。」フーボー大博士ははねあがってどんどん岩をふみました。

ちょうどそのとき山は俄かに怒ったように鳴り出してブドリはまるで眼の前が青くなっ

たように思いました。それからぐらぐらまだゆれました。気がついてみるとフーボー大博士も老技師もしゃがんで岩へしがみついていましたし、大博士の飛行船も大きな波に乗った船のようにゆっくりゆれて居りました。（略）

＊

そこにはもう赤く塗っていままで局の倉庫にあった大きな櫓（やぐら）がすっかり組み立っていて烈しい真空装置の鑿（のみ）がそのまん中に装置されモートルはすっかり電線につながって廻るばかりになっていました。（略）

＊

「あとはもう電線が向うの支線まで届けばいいんだ。」（略）

「さあ届いたぞ。動かして見よう。よろしい。そっちの線を連結し給へ。」老技師はスイッチをひねりました。たちまち鑿は目にも見えない速さで廻り岩の粉は細かいけむりになって櫓の上から飛び綱は見る見る十尺二十尺と沈んで行きました。それから三時間ほどすると綱はもう老技師の計算した三百尺の半分まで沈みました。「では退却しよう。さあいいか。みんなすっかり支度して。」みんなは大急ぎで二十台の自動車に乗りました。自動車はいっさんに山の裾をめぐってサンムトリの市に走りました。

丁度山から二里をへだてた野原でペンネン技師は自動車をとめさせました。「さあここへ天幕をはって自動車をみんな入れ給え。」（略）

*

俄かに向うのサンムトリの青い光がぐらぐらっとゆれました。それから海の方へ少しまがったように見えましたが、忽ち山裾にまっくろなけむりがぱっと立ったと思うとおかしなきのこの形にそらにのぼりました。

それから黄金色の熔岩がきらきらきらと流れ出して見る間にずっと扇形にひろがって海に入りました。

「ああやったやった。」とみんなはそっちに手を延して高く叫びました。

その時はじめて地面がぐらぐらぐら　波のようにゆれ
「ガーン、ドロドロドロドロドロドロ、ノンノンノンノンノン。」と耳もやぶれるばかりの音がやって来ました。それから風がどうっと吹いて行きました。(略)

*

サンムトリから帰りますとある日ブドリはペンネン技師と、クーボー大博士から招待を受けました。博士が今日は大へん機嫌よくいろいろ冗談を云ったり笑ったりして居りました。博士が云いました。

「ブドリ君。きみは林のなかにも居たし、沼ばたけでも働いていた。沼ばたけではどういうことがさしあたり一番必要なことなのか。」

「いちばんつらいのは夏の寒さでした。そのために幾万の人が飢え幾万のこどもが孤児になったかわかりません。」

「それは容易のことでない。次はどういうことなのか。」

「次はひでりで雨の降らないことです。幾万の百姓たちがその為に土地をなくしたり馬を売ったりいたしました。」

「それはいくらかどうにかなる。次はどういうことなのか。」

「次はこやしのないことです。百姓たちはもう遠くから肥料を買うだけ力がないのです。」

（略）

＊

それから三年の間にクーボー大博士の考通り海力発電所はイーハトーブの沿岸に二百も配置されました。イーハトーブをめぐる火山には観測所といっしょに例の櫓があちこち立って居りました。ブドリはいつか技師心得になって一年の大部分は火山から火山と飛行艇に乗って廻ってあるいたり危なくなった火山を工作したりしていました。

その年イーハトーブの火山の頂上にはみんな巨きな櫓がたちました。それから火山局からみんなへ次のような通知が出ました。

「ほしいくらい窒素肥料を降らせてあげます。

潮汐発電所が全部完成しましたから、火山局では今年からみなさんの沼ばたけや果樹園や蔬菜(そさい)ばたけへ硝酸肥料を地方ごとに空中から降らせることにいたします。みなさんの方からその必要な分を云ってよこして下さい。」

するると各地方からたくさんの手紙が火山局にやって来ました。その夏の六月の曇ったある日クーボー大博士とペンネン技師とブドリとはイーハトーブ火山の頂上の放電所に立っていました。（略）

＊

まもなく下の局から合図が来ました。

ブドリはボタンを押しました。見る見るさっきのけむりの網は美しい桃いろや青や紫にパッパッと目もさめるようにかがやきながら点いたり消えたりしました。クーボー大博士はまるでこどものように喜んで手を叩きました。「もう硝酸が見えてるそうだ。」ペンネン技師は、また受話器をはなれて云いました。「来年からは加里の粉も播くとしよう。」

そして三人はその夜ひとばん山の上でその美しい景色を見ながらこれからの計画をいろいろ語りつづけました。暁方近くなっていつかあの網の目はぼんやり消えてしまい、はじめはぶつぶつ呟くようにしか聞こえなかった雷がだんだん烈しくなって来ますとクーボー大博士はブドリに放電を止めさせました。

こんな工合にしてイーハトーブのその年のオリザの株はいままで七年の間に見たこともないほどよくなり秋には稔(みの)りも非常によくてあっちからもこっちからも礼状が沢山着きました。ところがある日ブドリがタチナという火山へ行った帰り沼ばたけの間を通りますと一人の百姓がいきなりブドリの行手に立ちふさがりました。

「おい　お前今年の夏電気で肥料降らせたブドリだな。」

「そうだ。」ブドリはお礼を云われると思って笑って答えました。するとその男は向うを向いて高く叫びました。

「火山局のやつ来たぞ。みんな集まれ。」

すると七八人の百姓たちがみんな血相を変えてかけつけて来ました。

「この野郎きさまの電気のお陰でおいらのオリザみんな倒れてしまったぞ。何してあんなまねしやがったのだ。」

ブドリは身構えして云いました。

「倒れた？　そんなに沢山こやしを降らせたのでない。おまえたちが沢山やったのだろう。」

「何、この野郎」それからみんなは寄ってたかって、ブドリを胴上げにしました。ブドリは草の中へ落されてとうとう気絶してしまいました。

気がついて見るとブドリは病院に入っていました。起き上ろうとしてもからだ中痛くてどうしても起きあがれませんでした。枕もとにはいろいろな花や何かが沢山ありました。クーボー大博士からの見舞の電報もありました。

その次の午ころでした。看護婦が入って来ました。

「ネリというご婦人のお方が訪ねておいでになりました」ブドリははね上ろうとしましたができませんでした。「連れてきて下さい。その人を。」ブドリは叫びました。まもなく一人の百姓のおかみさんのような人がおずおずと入って来ました。ブドリは釘づけにされたようにみつめました。それこそはあの森で誰かにつれて行かれたネリだったのです。

「ああネリ、おまえはいままでどこに居たんだ。」

ネリはしばらく半巾を顔にあてて泣いて物を云えませんでしたがやっとおずおずとイーハトーブの百姓のことばで、森から連れて行かれたあとのことを談しました。ネリはしばらく籠へ入れられて行きましたが、何と思ったか三日ばかりの后その男はネリをある小さな牧場のクローバーの上に置いて行ってしまったのでした。ネリが泣いていますと、この牧場の主人が可哀そうに思って家へ入れて赤ん坊の世話をさせたりしていましたらだんだんネリはいろいろ働けるようになってとうとう三四年前にその小さな牧場の一番上の息子と結婚したというのでした。そして今年は肥料も降ったのでいつもなら廐肥を遠くまで運び出したり大へん難義するのを近くのかぶらの畑へみんな入れたし遠くの牧草地もよくできて父も悦んでいたけれどもまだその仕事をブドリがしていたのは知らなかったのに新聞でブドリのけがしたのを知って見舞に来たのだと云いました。ブドリはもう病気も治ったように思いました。そしてまた訪ねてくる約束をしてネリは帰って行きました。（略）

＊

それから二年過ぎました。

その年の春測候所では今年も丁度ブドリの十二の年と同じ寒さが来るということをみんなに知らせました。野原ではもう非常にみんなさわぎ出しました。

大博士も

「早魃ならば何でもないが、寒さとなると仕方ない」とだけしか云わなかったのでした。

ところが五月も過ぎ六月も過ぎてそれでも緑にならない樹を見ますとブドリはもう居ても立ってもいられませんでした。あのイーハトーブの森にも野原にも今年の秋ちょうどブドリのお父さんたちやお母さんたちのようになる人やまたブドリとネリのようにいろいろな難儀にあう人ができてくるのです。ブドリは潮汐発電所の電気を全部電燈に代えて沼ばたけを照すことを考えてみました。けれどもそれは計算して見ると何にもならないのでした。とうとうたまらなくなってブドリはクーボー大博士を訪ねました。

「先生、今年もとてもだめらしいのです。」

「いや、きみ、そんなにあせるものでない。人はやるだけのことはやるべきである。けれどもどうしてもどうしてももうできないときは落ちついてわらっていなければならん。落ちつき給え。きみも森や沼ばたけに永い間居たことのあるものなら沼ばたけの水路に春生れるおたまじゃくしの何疋が蛙になるかよく知ってるだろう。イーハトーブ川が一ぺん氾濫すれば幾億の野鼠が死ぬかもきみに想像がつくだろう。落ちつき給え。」

ブドリはけれどもどうしてもまだあきらめかねるのでした。もう肥料は自由に降らせることができるし旱魃は自由に避けることができる、もし今年のこの夏の寒さを救えたら、ブドリは深くうなだれてため息をつきました。

クーボー大博士が云いました。

「きみはどうしてもあきらめることができないのか。それではここにたった一つの道がある。それはあの火山島のカルボナードだ。あれは今まで度々炭酸瓦斯を吹いたようだ。僕の計算ではあれはいま地球の上層の気流にすっかり炭酸瓦斯をまぜて地球ぜんたいの温度の放散を防ぎ地球の温度を七度温にする位の力をもっている。もしあれを上層気流の強い日に爆発させるなら瓦斯はすぐ大循環の風にまじって地球全体を包むだろう。けれどもそれはちょうど猫の首に鈴をつけに行く鼠のような相談だ。あれが爆発するときはもう遁げるひまも何もないのだ。」

ブドリが云いました。

「私にそれをやらせてください。私はきっとやります。そして私はその大循環の風になるのです。あの青ぞらのごみになるのです。」(略)

「私はそれを何とも云うことができない。きみはペンネン技師と相談し給え。」

ブドリは帰ってペンネン技師に相談しました。

*

するト技師が云いました。

「それは面白い計画だ。けれども僕がそれをやろう。僕はもう今年六十なのだ。そういう仕事でからだを灼くなら何という本望だろう。」

「先生、私はきっとしくじるかも知れません。そしたらどうか先生がお出で下さい。はじめの一ぺんだけはどうか私にやらせていただきます。」

ペンネン技師の眼には涙がひかりました。

ブドリはすぐに支度をととのえはじめました。ある日玄関が大へんさわがしいので出て見ますとそれはいつかのブドリを胴上げにした連中でした。ブドリが出て行くとみんな泪を流して云いました。

「先生私たちはじぶんらのしくじったことを知らないで先生をひどい眼にあわせました。どうかこんどの海の爆発へおつれ下さい。おねがいいたします。」

ブドリは考えがあったので承知しました。(略)

＊

それから十日の后一隻の船はカルボナード島へ行きました。そこへいつものやぐらが建ち電線は連結されました。ブドリはみんなを船で返してしまってじぶんが一人島に残りました。

それから三日后イーハトーブの人たちはそらがへんに濁って青ぞらは緑いろになり月も日も血のいろになったのを見ました。

みんなはブドリのために喪章をつけた旗を軒ごとに立てました。そしてそれから三四日の後だんだん暖かくなってきてとうとう普通の作柄の年になりました。ちょうどこのお話のはじまりのようになる筈のたくさんのブドリのお父さんやお母さんたちはたくさんのブドリやネリといっしょにその冬を明るい薪と暖かい食物で暮らすことができたのでした。

『新校本　宮澤賢治全集　第十一巻』（筑摩書房）一九九六年一月二十五日発行より

竜のはなし（全文）

むかし、あるところに一匹の竜がすんでいました。
力がひじょうに強く、かたちもたいそうおそろしく、
それにはげしい毒をもっていましたので、
あらゆるいきものが、この竜にあえば弱いものは目にみただけで気をうしなってたおれ、
強いものでもその毒気にあたって、まもなく死んでしまうほどでした。
この竜はあるとき、よいこころを起して、これからはもう悪いことをしない、すべてのものをなやまさない、とちかいました。
そして静かなところをもとめて林の中に入ってじっと道理を考えていましたが、
とうとうつかれてねむりました。
もともと、竜というものはねむるあいだは、形が蛇のようになるのです。

この竜もねむって蛇の形になり、からだには、きれいなるり色や金色の紋があらわれていました。

そこへ猟師どもがきまして、この蛇を見てびっくりするほどよろこんで言いました。

「こんなきれいな珍しい皮を、王様にさしあげてかざりにしてもらったらどんなにりっぱだろう。」

そこで、つえでその頭をぐっとおさえ刀でその皮をはぎはじめました。

竜は目をさましてかんがえました。

「おれの力はこの国さえもこわしてしまえる。この猟師なんぞはなんでもない。いまおれがいきをひとつすれば毒にあたってすぐ死んでしまう、けれども私はさっき、もうわるいことをしないとちかったし、この猟師をころしたところでほんとうにかわいそうだ。もはやこの体は投げ捨ててこらえてこらえてやろう。」

すっかりかくごがきまりましたので目をつぶって、いたいのをぐっとこらえ、またその人を毒にあてないようにいきをこらえて、一心に皮をはがれながらくやしいという心さえもおこしませんでした。

猟師はまもなく皮をはいで行ってしまいました。

竜はいまは皮のない赤い肉ばかりで地によこたわりました。

このとき日がかんかんと照って土はひじょうにあつく、竜は、くるしさに、ばたばたしながら、水のあるところへ行こうとしました。

このときたくさんのちいさな虫がそのからだを食おうとして出てきましたので、竜はまた
「いまこのからだをたくさんの虫にやるのはまことの道のためだ。いま肉をこの虫たちにくれておけば、やがてはまことの道をも虫たちに教えることができる。」

と考えて、だまってうごかずに、虫にからだを食わせました。

そして、とうとう乾いて死んでしまいました。

死んでこの竜は天上にうまれ、後には世界でいちばんえらい人・おしゃかさまになって
みんなにいちばんのしあわせをあたえました。

このときの虫もみな、さきに竜の考えたように後におしゃかさまから教えを受けてまことの道に入りました。


（註）この作品は宮澤賢治全集の中の「手紙一」を「竜のはなし」と題名を変えた。

『新校本　宮澤賢治全集　第十二巻』（筑摩書房）一九九五年十一月二十五日発行より

●本書は二〇一一年七月に弊社で出版した新書判を改訂したものです。

新版
宮澤賢治 魂の言葉

監修者 宮 澤 和 樹
発行者 真船美保子
発行所 KKロングセラーズ
〒169-0075 東京都新宿区高田馬場4-4-18
電話 03-5937-6803(代)
https://kklong.co.jp
資料提供 林風舎

印刷・製本 中央精版印刷(株)
落丁・乱丁はお取替えいたします

ISBN978-4-8454-5178-4 C0291

Printed in Japan 2023